公主傳奇

36

兩千年的小烏龜

馬翠蘿　著
麥曉帆

新雅文化事業有限公司
www.sunya.com.hk

人物簡介

✦ 周曉星 ✦

周曉晴的弟弟，一個風趣幽默的淘氣精，不時有天馬行空的奇怪想法。

✦ 馬小嵐 ✦

來自香港的烏莎努爾公主，聰明美麗、正直善良。敢於向困難挑戰，最喜歡說的話是「天下事難不倒馬小嵐」。

萬卡

烏莎努爾公國第十九代國王,風度翩翩、英勇果敢。是國民眼中的好君王,小嵐和曉晴曉星心目中的暖心大哥哥。

周曉晴

馬小嵐的好朋友,漂亮活潑,喜歡打扮,最常做的事是和弟弟鬥氣。

目錄

第一章

博物館裏的綠玉烏龜

教育部「學習與成長」活動結束後，小嵐和曉晴曉星回到嫣明苑，便馬上陷入了暑期作業的汪洋大海中。

假期過去一個月了，但他們還沒做假期作業呢！得趕快完成呀，要不開學時讓老師知道，那是要受罰的。學校的老師很嚴格的哦，不管你是公主，還是公主的老友兼死黨，都沒人情講。

如果是罰站，或者罰抄書，那還是輕的。如果要見家長，那就問題大了。要知道，他們在烏莎努爾的家長就是萬卡國王呀！只要想到被全國人民景仰的萬卡哥哥，要低着頭老老實實地站在老師面前，接受批評教育，說他管教子弟不嚴，那就簡直太丟臉了。

所以，為了萬卡哥哥的名譽，他們也要爭氣，

做個好學生，給萬卡哥哥掙面子。

就這樣奮戰了一段時間，三個人終於把「題山文海」都攻克了，假期作業宣告完成！這時候，離開學還有五天時間。

不安分的曉星又開始腳癢癢了，他掇拾兩個姐姐：「離開學還有五天，我們得好好安排一下。去哪兒玩好呢？」

小嵐想了想，說：「首都博物館最近有一個陝西省文物巡迴展覽，不如我們去看看。」

「贊成！」曉晴和曉星都沒反對。

接下來他們兩姊弟也提了自己最想去的地方。曉晴想去瘋狂購物，而曉星就想去新落成的旋轉餐廳享受美食，這樣算算假期就只剩下兩天了。這兩天時間，就見機安行事好了，要是萬卡哥哥有時間就最好了，可以跟他一起玩。

第二天他們去了博物館。烏莎努爾國家博物館坐落在首都東郊，總建築面積近十萬平方米。

小嵐來過烏莎努爾國家博物館很多次，記得她第一次來參觀時，被眼前那座金碧輝煌的建築物嚇

了一跳，還以為自己到了故宮呢！

　　是的，因為國家博物館就是仿效了中國古代宮殿的建築設計，這大概是因為烏莎努爾的開國皇帝是華人，所以皇家歷代子孫都對漢文化心心念念，因此就有了這樣一座極具中國傳統建築風格的國家博物館。

　　再次來到博物館，小嵐仍然難掩心中震撼，眼前巍峨壯觀的建築，金黃色的琉璃瓦在陽光下閃耀着耀眼的光芒。屋簷上的兩條龍栩栩如生，彷彿隨時會騰空飛起。古色古香的紅色外牆，雍容華貴，給人一種濃厚的歷史感。

　　曉晴和曉星兩人都是第一次來，兩人圓睜雙眼，張大嘴巴，一副震驚的模樣。曉星誇張地大喊起來：「小嵐姐姐，難道我們又穿越到了古代嗎？」

　　曉晴也難得地附和弟弟：「是啊，真像置身在皇帝的宮殿啊！」

　　這時曉星已經掏出手機拍照，曉晴被提醒了，也拿出手機來。兩人上拍下拍，左拍右拍；拍整

體、拍局部，然後又互相幫着拍單人照。

小嵐知道他們是第一次來這裏，本來還挺體諒他們的，由得他們停下來拍照。只是見到他們拍個沒完，好像打算拍到地老天荒似的，忍不住跺了一下腳，催促起來：「好啦好啦，別在門口耽擱太久，趕快進去，裏面好看的東西多着呢！」

「嗯嗯嗯！」那兩姊弟嘴上應着，雙腳跟着小嵐走，眼睛卻盯着手機，急不及待地把拍下的照片發社交平台。他們想讓香港的朋友們知道，烏莎努爾有一座美麗壯觀的中國風博物館。

直到走進博物館大門，又走了一段路，兩人才把所有照片都發出去了。小嵐心裏挺佩服這兩個傢伙的，怎麼一心二用卻沒被台階絆倒。

博物館裏本國展品沒多大變動，大多數還是小嵐之前來看過的那些，所以小嵐就徑直朝第九館走去，第九館是主要用作巡迴專題展覽的。

第九館面積大約三千平方米，裏面擺放了來自陝西省博物館的兩百多件文物，每一件都精美絕倫，並極具歷史價值。涉及年代從西周到清朝。從

參觀第一件展品開始，曉晴曉星兩姊弟就讚聲不絕。

「哇，真令人驚歎！」

「這件西周的鳥蓋瓠壺太美了！上面的花紋和裝飾精美細緻，造型優美生動，色彩亮麗。好神奇啊，西周距離現在已經近三千年了，經歷這麼久遠的年月，還保存得這麼好！」

「這件也是西周的！外形是一隻牛，不知道是用來作什麼用途的。」

「這裏有介紹，叫做『牛尊』，是西周青銅器中的頂尖之作。噢，它是用來裝酒的。」

曉晴和曉星一邊看，一邊小聲地議論着。小嵐自己慢慢細看，神情十分專注。由於父母是研究古文物的專家，小嵐受家庭影響，所以對歷史，對文物都特別着迷。

她在每一個展櫃前面駐足，將每一件文物都仔細欣賞一遍，又透過每一件文物，在腦海裏搜索着文物所處的那段歷史，遐想着這件文物會有着一段什麼樣的故事。

時間在不知不覺地過去，展品也已經看了大半了。小嵐欣賞完了一把鏽跡斑斑的秦代青銅劍後，走向下一個展櫃。

　　忽然，她覺得一陣心跳，同時好像有一種力量在牽引着她的腳步，讓她沒有按順序走向下一個展品，而是拐了個彎，走向大廳中間的一個玻璃展櫃。

　　展櫃裏，一塊紅絨布上，靜靜地趴着一隻綠玉雕成的小烏龜。小烏龜很袖珍，身長只有三到四厘米，四條小短腿從龜殼裏伸出來，脖子往上仰着，兩隻眼睛圓溜溜的，造型憨態可掬。

　　小嵐愣愣地看着綠玉小烏龜。小烏龜給她很奇怪的感覺，很熟悉，很親切。但是，明明她是第一次見到這隻小烏龜呀！

　　「啊，好可愛的小烏龜！」這時曉星和曉晴也走來了，曉星一看到展櫃裏的小烏龜便十分感興趣。

　　小嵐低頭看着綠玉小烏龜前面的那張卡片，上面有介紹文字，寫着這件文物是三十年前在陝西省

咸陽市出土的。當時，市政局在一個山谷裏進行擴闊工程，因為那裏有一處從山體延伸出來的山崗，阻了小半條路，所以要把它清走。挖掘過程中，有工人發現了這一隻被埋在地下的小烏龜玉石雕飾。經專家鑑定，是戰國時期的文物。

戰國、咸陽……小嵐不由得陷入了沉思，那是當年甘羅身處的年代，生活的地方啊！

熟悉的感覺更加強烈了，小嵐忍不住伸出手，隔着玻璃撫摸着那隻小烏龜玉石。小烏龜，小烏龜，你的主人是誰？你經歷了什麼？你見過那個才華橫溢的少年甘羅嗎？

「你們快來看，小烏龜殼上的圖紋像不像一個字。」眼尖的曉星突然發現了什麼。

小嵐聽了湊近細看，綠玉小烏龜背上的圖紋，可能是被歲月侵蝕，又或者是有過瞌碰損壞，原先的六角型紋路被破壞了部分，現在龜背正中的地方，看上去真的像一個扭來扭去的小篆。

啊！小嵐的心臟噗通噗通地猛跳起來。她看清楚了，那個字竟然是——嵐。

第二章

醒來吧，甘羅

故事回到兩千多年前，戰國時期，秦國都城咸陽。

甘家院子裏，狗狗大豬趴在地上，一雙憂傷的眼睛呆呆地望着天空。風和日麗，藍藍的天空不時飄過幾團白雲，有的像一朵白色的花花，有的像小主人的小手，有的像一根肉骨頭。

以前碰上這樣的好天氣，狗狗早就快活得跑來跑去，追貓趕雞，弄得鴨飛鵝叫了。可是現在，牠卻憂鬱地呆在院子裏，一動不想動，連姨母放在牠面前的午飯都沒胃口吃。

好想念小主人那快活的大笑，好想念小主人清脆悅耳的讀書聲，好想念小主人撫摸牠的那隻溫暖的小手……

自從小主人從那間可怕的、滿是蜘蛛網的屋子

救出來後，就一直靜靜地躺在牀上，不管狗狗怎樣汪汪地叫他，用爪子撓他，他都沒有醒來。狗狗只好日復一日地守在小主人的房門口，守護着他，日日盼，夜夜盼，等待他醒來。

這時，傳來腳步聲，狗狗抬眼一看，只見姨母端着一盆水走來了，每天這個時候，生病的姨母都會硬撐着，給甘羅擦身子和按摩。

狗狗站了起來，跟在姨母後面，走進了小主人的房間。

小牀上，白色的被子蓋着一個小小的身體，只露出一個小腦袋。那張乖巧的小臉上，是一雙緊閉的眼睛，一張微張的小嘴，兩個小酒窩靜靜地臥在兩邊臉頰上。看上去孩子就像熟睡了一樣。

趁着姨母彎腰在盆子的暖水裏扭着面巾，狗狗趴在牀邊上，用爪子扒拉了一下，從被子裏扒出了甘羅的小手。小手還是那樣柔軟，但卻無力地垂着，摸摸還有點涼。

姨母用溫暖的面巾輕輕地擦着甘羅的小臉，邊擦邊喃喃地說：「羅兒，你都睡了十天了，怎麼還

不醒來，你真是個小懶蟲。你知道嗎？這些日子好多人來看你呢！公子政、你的老師，你的小伙伴們。大家都希望你趕快醒來，跟往常一樣讀書學習，玩遊戲……」

姨母喉嚨哽咽了一下，繼續説着：「羅兒，你快醒來吧！姨母不可以沒有你，你不可以有事。」

一顆大大的淚珠，「啪嗒」一聲落到了甘羅的小臉上。姨母強忍着悲痛，用面巾輕輕地揩去了甘羅臉上的淚珠。

「嗚嗚嗚……」狗狗大豬不忍看，牠嗚咽了一聲，默默地走出了房間。

牠叼來了一塊大樹葉，蓋在飯盆上。肚子很餓，但見到小主人這模樣，牠哪裏吃得下。

太陽從火熱變成柔和，慢慢在西山落下，夜籠罩了大地。大豬飢腸轆轆地趴在小主人的房門口，睡着了；姨母坐在甘羅牀邊縫着一件小衣服，縫着縫着，身子一歪，靠在牀邊睡着了。

夜，更深；人，更靜。月色越來越濃，越來越亮，一束銀白色的光，從窗口照進了甘羅的房間，

照在甘羅蒼白的小臉上。

銀白色的光慢慢地變成了藍光，光芒像一隻溫柔的手，輕輕地撫摸着甘羅的頭髮、甘羅的臉，甘羅的眼睛。

昏迷中的甘羅又夢見了之前見過的那個小妹妹，不過她不再是小嬰兒模樣了，而是跟他一樣年紀。小妹妹穿着一條粉紅色的裙子，看着他笑，眼兒彎彎，嘴兒翹翹，笑容溫暖得能融化千年冰雪。小妹妹的脖子上掛着一條項鏈，項鏈上的月亮墜子在月光下發出一縷藍色的光華；光華在甘羅身邊繚繞着，繚繞着，織成了一道光芒，把他包圍起來……

甘羅蒼白的臉開始變得紅潤起來，嘴唇也有了血色，過了一會兒，他長長的睫毛抖動了一下，又一下，接着，他的眼睛慢慢睜開了，露出了黑葡萄似的眼睛。這時，光芒也慢慢散去了。

「妹妹。」甘羅想起了夢中那個眼兒彎彎，嘴兒翹翹，笑容溫暖的妹妹，不禁喊了一聲。

但是，眼前並沒有小妹妹，只有姨母抱着一件

未造好的衣服，靠着牀邊昏昏欲睡。

「姨母……」

姨母正在做夢，夢見小甘羅醒來了，穿上了她新造的衣服，抱着她的胳膊在撒嬌，朝她説：「姨母，我最喜歡你了！」

半睡半醒中的姨母，希望自己不要醒來，希望這個美好的夢一直延續下去，她死死地閉着雙眼，不願睜開。

可是，這夢實在太逼真了，一聲聲奶聲奶氣的呼喚，叫得她心兒直顫，叫得她肝膽欲裂。

「羅兒！」姨母忍不住大喊一聲，睜開了眼睛。

銀色的月光下，一雙如黑曜石般的眼睛在看着她，眼角有淚珠在流淌。

「羅兒，我的羅兒！」姨母撲向牀上，一把摟住那小小的身體，號啕大哭。

門口的狗狗被驚醒了，一天沒吃東西，牠有點虛弱，一時軟趴趴的沒能站起來。姨母的哭聲令牠恐慌萬狀，小主人怎麼啦？！牠掙着飢餓的身體爬

了起來，衝進了房間。

　　啊，我看見了什麼？！眼前的情景讓狗狗的心臟一陣狂跳，牠「汪汪」叫了一聲，飛撲過去，把狗頭往小主人懷裏拱，嘴裏「嗚嗚」着，小主人，小主人，你知不知道，你把大豬嚇壞了。

　　甘羅一手抱住姨母，一手摟着狗狗，生怕一鬆手就消失不見了，他哭着說：「在黑屋子的時候，我不知多少次向老天爺爺請求，希望一睜開眼睛就能看到姨母，看到大豬，沒想到，現在願望成真了。」

　　姨母喜淚橫流，說：「羅兒這麼乖，這麼善良，老天爺一定會眷顧羅兒的。」

　　大豬叫：「汪汪汪汪！」

　　牠想說：「是呀是呀！」

　　「嗯。」甘羅點點頭，又問道，「是誰找到我的？」

　　大豬一聽兩眼亮晶晶的，牠前爪扒着小主人，興奮地看着他，汪汪地叫着，牠在說，是我是我！

　　姨母感激地看着大豬：「是大豬帶着公子政找

到你的。」

　　甘羅手摸着大豬的頭，説：「謝謝你，大豬。
你真棒！」

　　大豬頓時感到自己的狗生完滿了。

第三章
甘羅要去掙錢養家了

甘羅在家裏休養了一段時間，身體完全康復之後，又準備上學唸書了。

復學的第一天，剛好是進宮伴讀的日子，甘羅剛收拾好書箱，就聽見小桂子在門外喊：「小公子，小公子！」

「哎！」甘羅忙應道，「小桂子等一下，我馬上就來！」

甘羅「蹬蹬蹬」跑去找姨母：「姨母，我去王宮陪政哥哥讀書了！」

姨母正在織布，見到甘羅跑來，說：「好的，路上小心。」

「哎，知道了！」甘羅正要走，但無意中見到姨母的眼睛紅紅的，還不住流着淚水，不禁嚇了一跳，「姨母，您怎麼了？您哭了？」

姨母拿出手帕擦擦眼睛，說：「沒事。姨母沒哭，只是最近眼睛有點難受，總是流淚水。」

甘羅忙走過去，仔細瞧着姨母旳眼睛，小眉頭皺得緊緊的，十分擔心：「姨母，您的眼睛很紅呢，就像小兔子的眼睛一樣。不行，我得去找個大夫來給您瞧瞧。」

姨母摸摸甘羅的小腦袋，柔聲說：「不用不用。過幾天就好了，別浪費錢。你快走吧，別讓人家小桂子等久了。」

甘羅拉着姨母的手，一臉的擔憂，說：「那您先不要織布了，織布費神，您的眼睛會更難受的。」

姨母點點頭，說：「好，我不織了，我現在就去休息。你快走吧！」

「那您在家好好休息。我走了。」甘羅又叮囑了一句，「姨母您要乖哦，不要我一離開您又開始織布。」

姨母說：「行行行，我乖，我一定會乖。」

甘羅一步一回頭，看到姨母真的停了手，才放

心地走了。

「真是一個懂事的孩子。」姨母歎了一聲，用手擦擦眼睛，又拿起了織布的梭子，織起布來。

甘羅惦記着姨母的眼睛，直到去了王宮，仍一副悶悶不樂的樣子，嬴政見了，忙問發生了什麼事，甘羅説：「姨母眼睛紅得像小兔子似的，還總流淚水。我很擔心呢！等會放了學，我就去給姨母請大夫。」

「原來是這樣！」嬴政説，「你不用去請大夫，王宮裏的御醫醫術很好，等會兒放學了，我就帶御醫去你家，給你姨母看看。」

甘羅眼睛一亮，歡喜地説：「那太好了，謝謝政哥哥！」

放學時，甘羅和嬴政，還有一名御醫，一起坐着小桂子趕的馬車去了甘羅家，給姨母看病。

御醫檢查一番之後，説姨母的眼睛需要時間靜養，暫時不能再織布了，否則會有失明的危險。御醫又開了一些中藥，讓姨母吃一段時間，遲些他再來覆診。

　　甘羅心事重重的，他把政哥哥送到門口時，
說：「政哥哥，我想不能再去陪你讀書了。」

　　嬴政大吃一驚，問道：「為什麼？」

　　甘羅臉上帶着跟他年齡不符的憂傷，說：「我
要去找工做，掙錢養活姨母。」

　　嬴政把甘羅上下打量了一番，心想，你這小屁
孩，有誰會請你做工呀！他本來想說，我有錢，
我可以養你和姨母，但他知道甘羅一定不肯接受
的，想了想便說：「你先別着急，我替你找份工作
吧！」

「真的？！」對於去哪裏找工作，甘羅一時也沒什麼頭緒，聽到政哥哥説能幫忙，他很高興，「政哥哥，你太好了！」

嬴政拍拍甘羅的肩膀，説：「不用客氣。在家等消息吧！」

嬴政走了之後，甘羅就坐在院子裏托着腮思考起來，到底有什麼工作適合自己。

嗯，我可以給人家放牛，騎在牛背上，唱着小牧歌，這滿有詩意呢！我還可以給人家照顧小娃娃，陪小娃娃玩，我最拿手了。還有，我可以去當店舖的小伙計，給客人端茶送菜的……

甘羅忘記了自己才是個小屁孩，這些哪裏是他能幹的活。

幸好他有個處處替他着想的政哥哥。當日傍晚，嬴政就派人送來了一封信，信裏説，秦莊襄王請甘羅去秦王宮打工。

這份工叫全職伴讀，每天陪伴嬴政讀書。信中還特別解釋説，以前甘羅隔天去伴讀，隔天去是沒有工錢的，只有天天去才有。甘羅小孩一個，哪知

道職場規矩，就相信了，興高采烈地接受了這份工作。

其實，哪有做伴讀會有工錢拿這回事！誰家的孩子能進宮跟公子政一起學習，已經是最大的運氣了。因為公子政有最好的老師教導，有最多的書本可以學習，每個讀書人都搶着去呢，怎麼還會給薪酬？

秦莊襄王很喜歡甘羅這個聰明伶俐的小孩子，想幫他度過難關，所以才特別破例，給他發放伴讀薪酬，讓他有錢可以養家，也可以繼續讀書學習。

第二天，甘羅去了一趟學堂，小伙伴見到甘羅都很高興，以為他自此就回學堂上課了，沒想到甘羅是回來告別的。他告訴小伙伴，他要去打工掙錢了。

同窗們都捨不得甘羅，特別是跟他一起跑步背書上學的那幫小伙伴，幾乎全都哭了。甘羅心裏也很難受，他強忍着不哭，最後一班人抽抽泣泣地把甘羅送到學堂門口，直到甘羅答應以後放假找他們一起去玩，小伙伴們才放他走。

甘羅慢慢地向大門口走去。他一路走一路看着學堂裏的景物，一草一木，一花一樹，都勾起了他許多回憶。他其實很不捨得離開這裏。

　　子伯老師不知上哪兒去了，剛才找不到他，好想跟子伯老師説再見哦！

　　「甘羅！」一聲熟悉的呼喚，甘羅一看，站在學堂門口的，不正是子伯老師嗎？原來子伯老師在大門口等自己。

　　「子伯老師，我要離開學堂了，我很不捨得您啊！」甘羅跑到子伯老師跟前，恭恭敬敬地朝他鞠了一躬，然後拉着子伯老師的衣袖，一臉孺慕。

　　子伯老師看着甘羅，久久沒作聲，看着這又懂事又聰明的孩子，心裏一陣難過，便説：「子伯老師也不捨得你。以後真的不來上學了嗎？」

　　他心裏想，一周來一次也好啊，也可以時不時見這孩子一面。

　　「嗯。」甘羅點點頭，心裏挺難受的。他其實也不想離開學堂，他捨不得子伯老師，捨不得同窗好友。

他抱住子伯老師，把小腦袋往子伯老師身上貼了貼，好像要從老師身上獲得勇氣。他又抬起頭，看着子伯老師，一臉認真地說：「子伯老師，我長大了，是個小男子漢了，所以我要乖，要擔起養家的責任，照顧好姨母。進宮裏做事掙錢，就要全心全意，不可以『三日打魚兩日曬網』的哦。」

子伯老師低下頭，摸摸甘羅的小腦袋，不由得鼻子發酸，眼眶泛紅。這麼小的孩子，就想着要養家了，懂事得實在令人心痛。

這時，「噹噹噹噹」的上課鐘聲響起了。子伯老師要去講課了。

甘羅放開子伯老師，說：「子伯老師，我走了，以後有時間，我會回來看您的。子伯老師再見！」

甘羅又向老師鞠了一躬，然後轉身走了。

子伯老師站在那裏看着，直到甘羅的背影消失了，才低頭擦了擦眼睛，走進了學堂。

第四章
會變臉的內侍

　　甘羅正式成了公子政的伴讀。他每天上午吃完飯後，就坐上王宮裏派來的馬車，去宮中跟嬴政一起讀書。

　　駕車的是一個名叫小桂子的宮中內侍，大約十五六歲，人很老實，不喜歡説話。每天接送甘羅，都只有兩句話，一句是「小公子，請上車！」另一句是「小公子，請下車！」

　　沒有人跟甘羅説話，他便一路上自己唱歌，最常唱的是《小二郎上學堂》。他唱歌的時候，小桂子都在安靜地聽着，嘴角露出一絲笑容。

　　有甘羅天天陪伴讀書，嬴政的學習興趣也提高了，成績也比以前進步了很多。老師看在眼裏也很高興，所以每天課間的休息時間也多安排了一次，以前只有一次小息，現在有兩次，這讓嬴政和甘羅

都特別開心，他們都還是十分愛玩的年紀啊！

這天小息時，兩人在王宮裏玩起捉迷藏。兩人猜剪刀、石頭、布，嬴政猜輸了，甘羅興高采烈地拿出手帕，把嬴政的眼睛蒙了起來。

甘羅拉着政哥哥的手轉了幾個圈，讓他辨不清方向，然後自己撒腿就跑。跑了十幾步，他又停下來，轉身朝着昏頭轉向的嬴政扮鬼臉。

看到嬴政在那裏原地打轉，張開兩手往前面摸呀摸的，像隻笨笨的小熊，甘羅忍不住嘻嘻笑出聲。他馬上捂住嘴，免得讓政哥哥聽見來抓他。

沒想到還是讓嬴政聽到了，他摸摸索索地，往甘羅這邊走來了。

甘羅嚇了一跳，猛地一轉身要跑，沒想到，卻「砰」的一聲撞到了一個人身上。

「對不起！」甘羅趕緊道歉，然後抬頭看看撞到了什麼人。那是一名有點臉熟的內侍，好像是專門侍候政哥哥的。

甘羅心裏噗通跳了一下，只見那內侍臉色陰沉沉的看着自己，眼神有點可怕。這人好兇！不過畢

竟是自己做得不對，撞到人家了。於是，他又再說
了一聲：「對不起。」

這時嬴政摸摸索索地走近，他一隻手觸到了甘
羅，一把抓住，然後扯下蒙眼的手帕，開心地大
叫：「抓到你了！抓到你了！」

甘羅好像見到救星似的，一下子躲到了嬴政身
後：「政哥哥，他是誰？」

嬴政順着甘羅的目光看過去，發現了那個內
侍。

那內侍臉上的陰沉已經不見，換上了一副諂媚
討好的笑容，他低着頭，弓着腰，向嬴政問好。

甘羅心裏不禁詫異萬分，這人的臉變得好快，
不去演戲簡直太浪費了。

嬴政看了看那內侍，對甘羅說：「他是趙高。
他很好脾氣的，我每次見到他，他都是笑瞇瞇
的。」

甘羅心想，他對你才會笑瞇瞇的吧，剛才看我
的表情，好像要把我吃掉呢！

這時，趙高對嬴政說：「少傅大人讓奴才來稟

告公子，他家裏有事，下午的課不用上了。」

「噢，太好了！甘羅，我們一起出去玩好嗎？」嬴政高興得跳了起來。

「好啊好啊！」甘羅很高興，把趙高帶給他的不愉快都扔到九霄雲外了。

「甘羅，有什麼好玩的地方嗎？」說起對咸陽城的熟悉程度，嬴政還真不如甘羅呢！

甘羅用指頭在小腦袋上「篤篤」敲了兩下，說：「有了！政哥哥，我們去逛市集。」

甘羅跟姨母去過幾次市集，那裏擺賣的東西可多了，有玩的，有吃的，讓他眼花繚亂。而且，那裏還有十分好看有趣的雜耍表演。

甘羅熱心地向嬴政推介着，說得嬴政都想馬上飛到市集去了。沒等甘羅說完，嬴政就迫不及待地拉起他的小手，準備出宮。

四名待衞已經趕來了一輛馬車，甘羅人小腳短笨笨的，小爪子扒了幾下仍沒能爬上車去，一名侍衞忍不住過來，把他抱到車上去了。甘羅不滿地瞪了待衞一眼，人家明明差一點點就能自己爬上去了

嘛！被人抱上車，這太丟臉了！

「開車啦！」甘羅興高采烈地喊了一聲。在轆轆的車輪滾動聲中，他又唱起歌來了。

「小呀小兒郎，背着那書包上學堂，不怕太陽曬也不怕那風雨狂，只怕先生罵我懶呀，沒有學問無臉見爹娘……」

嬴政常聽甘羅唱這首歌，也學會了，這時也和着唱了起來：「……小呀小兒郎，背着那書包上學堂。不怕太陽曬，也不怕那風雨狂。為了家國為爹娘，好好學習做個好兒郎……」

趙高恭送嬴政離開，他弓着腰，一臉謙卑地站在那裏，直到馬車走遠了，他才直起腰來。看着那漸行漸遠的馬車，他的眼神又變得陰沉起來。甘羅不認識他，但他認識甘羅。

他不忿甘羅有大王的眷顧，不忿甘羅被公子政當成朋友，不過是個窮鬼罷了，憑什麼可以得到那樣的待遇。而他，就只能當個侍候人的奴僕，整天要討好主人才能生存下去。

趙高的年紀跟嬴政差不多，只是個少年。為什

麼他小小年紀就有着這種陰暗心理呢？原來是來自他小時候的遭遇。

趙高母親曾因犯罪坐過牢，所以他童年時是在旁人歧視的目光中長大的，他常被同齡人毆打，身上常常帶着傷。

有的人逆境自強，努力地讓自己變得更加優秀；而有的人卻在仇恨中墮落，性格扭曲、心理不平衡。趙高就是這種心態的人。他也在努力，但不是希望讓自己變得優秀，而是希望得到主人重用之後，狐假虎威去欺壓別人。

自從被派去侍候嬴政，他便挖空心思，投其所好，久而久之，嬴政也對趙高另眼相看，頗為重用。趙高因此沾沾自喜，以公子政的心腹自居。

看着嬴政對甘羅比自己好上千百倍，他妒忌得咬牙切齒，恨不得像拍蚊子那樣把那小屁孩拍死，永遠不再見。所以才有了被甘羅撞一下就那般大反應的事。

好了，我們不說這令人倒胃口的趙高了，還是去看看那兩個小傢伙怎樣開開心心逛市集吧！

第五章
政哥哥送的禮物

甘羅和嬴政坐着馬車，一路去到市集的大門口，甘羅擺着小手叫車夫停車，他對嬴政説：「我們在這裏下車，走路進市集吧！」

「好！」嬴政跳下車，然後回身牽着甘羅的手，甘羅借了點力，一下就跳到地上了。

嗯，終於不用別人抱了，甘羅覺得很高興，覺得自己好厲害。

甘羅牽着嬴政的手，説：「政哥哥，我牽着你，不然你會走丟的。」

「哦。」嬴政低頭看了看那小不點，心裏暗笑，這話應該我跟你説的啊！

秦國的市集是跟人們的居住區嚴格分開的，市集周圍有圍牆，賣貨者跟顧客都要從市集大門出入，市集大門每天有規定的開門和關門時間。只有

開市的時間，人們才能入內。

　　甘羅興致勃勃地指着前面高高豎起的旗杆：「政哥哥，你看到那立於市亭內的旗杆嗎？那叫市旗。每天清晨，市旗升起的時候，便代表着開市了。管理市場的官吏就守在市亭那裏，所有來市集貿易的商販，都要經過檢查證件、貨物，再蓋個章，才能進裏面做買賣。」

　　甘羅以前跟着姨母來市集，對什麼都好奇，都要問姨母，所以對市集的規矩很熟悉。

　　「原來是這樣。」嬴政將來是要做秦國大王的，要擔負起管理國計民生的責任，所以很留心地聽着甘羅說話。

　　進入市集，就馬上聽見一陣陣叫賣聲。攤檔基本上是以同類貨品聚在一起的，首先看到一長列都是賣糧食的攤檔，一籮筐一籮筐的豆子、麥子，放在路旁，商販大聲叫喊着：「豆子豆子哎，不賣也看看呀，滿意就買，童叟無欺！」

　　此外，還有賣耒、耜、耨、鐮等農用器具的；有兜售漆器、陶器的……甘羅突然興奮地甩開了嬴

政的手，盡情地跑了過去，因為他看見了一些賣玩具的攤檔。

攤檔裏有蹴鞠球、風箏、各種木雕和竹雕，還有用不同材料造成的玩具，林林總總，多種多樣。

嬴政也還是個孩子，他跟在甘羅後面，興味盎然地打量着那些玩具。不過，自從他回國以後，就一直被進行「帝王教育」，作為一名未來的秦王，他不想讓別人覺得自己太幼稚，所以只能努力壓抑着自己的購買慾望。

他把目光看向了賣其他東西的攤檔。一個賣古董玉器的攤擋上，擺滿了各種各樣的玉製品，有玉雕、玉瓶、玉碗，還有一些可以讓人掛在身上的玉石雕飾。

嬴政的目光落在一隻晶瑩剔透的綠玉小烏龜上，只見它脖子往上仰着，兩隻眼睛圓溜溜的，造型很可愛。小烏龜玉石有一根紅繩子拴着，可以掛在身上。

嬴政走過去，拿起綠玉小烏龜，仔細端詳，總覺得它那又大又圓的眼睛像誰。許久才一拍腦袋，

對了，像甘羅，甘羅不就是有這樣一雙大眼睛嗎？

檔主見到嬴政對綠玉小烏龜感興趣，便說：「公子，這綠玉小玉龜掛件起碼有四五百年了，碧綠通透，是一塊難得的好玉。寓意又好，龜很長壽呢，佩帶身上，可以趨吉避凶，長命百歲。」

嬴政點點頭，買下了小烏龜，朝甘羅走過去：「甘羅，看政哥哥給你買了什麼！」

甘羅這時正站在一個賣木劍的攤檔前面，聽到嬴政喊聲，忙看過來。

嬴政把小烏龜放到甘羅跟前，說：「給你。一隻可愛的小烏龜。」

甘羅嘻嘻地笑了起來：「有我可愛嗎？」

這自戀的小屁孩！嬴政笑着拍了拍甘羅的小腦袋，然後把綠玉小烏龜塞到甘羅手裏。

「哇，真的好好看哦！謝謝政哥哥，謝謝你把小烏龜送給我。嘻嘻！」甘羅笑得眼睛彎彎的，把小烏龜捧在手心。

「政哥哥，我也想送禮物給你呢！」甘羅拿起一把小木劍，「我想買給你。你佩在身上一定很威

風。」

小木劍的確很漂亮，大約一尺長，劍身還刻了花紋。

「我自己買吧！」嬴政忙說。他不想甘羅為他花錢。

雖然甘羅有了侍讀俸祿，但他不但要負責兩個人的日常開支，還要花不少錢給姨母治病吃藥，所以日子過得勉勉強強。本來嬴政想額外送他一些錢，讓他過得好點，能吃多些肉，能穿不帶補釘的衣服。但是甘羅是個很有骨氣的小孩子，雖然知道政哥哥是好意，但他也不肯接受。

甘羅堅持要送，他往兜裏掏呀掏呀，掏出來一把錢幣，那是姨母給他帶在身上的，以備不時之需。

「大叔，我要買這把劍。」甘羅把錢交給商販，說。

大叔接過錢，數了數，說：「小公子，錢不夠呢！這把劍要五十錢，你這裏只有二十錢。」

「啊！」甘羅愣住了。

甘羅是個懂事的孩子，他平時極少花錢，所以
對錢的價值沒有多少概念。他還以為自己這二十錢
已經是很多錢呢！

　　很想送禮物給政哥哥呀，怎麼會不夠錢呢！他
低下頭，拚命去翻口袋，想看看還有沒有遺漏在裏
面的錢幣。

　　嬴政給商販打了個眼色，又悄悄地塞了三十錢
給他，商販一愣，但很快就明白了嬴政的意思，把
錢收起來。

　　甘羅再也沒找到錢，他有點鬱悶地皺着小眉
頭，對嬴政說：「對不起，政哥哥。等發了俸祿，
我再來給你買。」

　　這時，大叔把小木劍塞到甘羅手裏，說：「小
公子，既然你這麼喜歡這把劍，我就便宜點，二十
錢賣給你吧！」

　　「啊，真的？！」甘羅的大眼睛頓時亮了，驚
喜萬分，他看着大叔，說，「大叔，你真好！謝謝
你，真的謝謝你哦！」

　　他把錢遞給大叔，拿過小木劍，鄭重地送給嬴

政：「政哥哥，送給你！」

「謝謝甘羅！」嬴政開心地接過小木劍。

「政哥哥，真好，我們兩個人都有禮物了。噢噢噢！」甘羅一蹦一跳的，高興極了。

甘羅把玩着綠玉小烏龜，越看越喜歡，他突然發現龜背上的紋路像個字，便說：「政哥哥快看，這像不像個字？」

嬴政湊過去看了看，說：「奇怪，這龜背紋怎麼像個『嵐』字。」

「嵐？」甘羅很驚喜。眼前浮現出夢裏出現過的那個眼兒彎彎、嘴兒翹翹，笑容溫暖的小妹妹。每次夢裏，小妹妹都用萌萌的聲音喊着「哥哥！哥哥！」，兩人一起玩耍，一起看書。甘羅記得，妹妹的小裙子上面，就有個用紅絲線繡的「嵐」字。

嵐，那一定是妹妹的名字。甘羅樂滋滋地想着，下次做夢再見到小妹妹時，就把這背上有個「嵐」字的綠玉小烏龜送給她，她一定很高興。

甘羅小心地把綠玉小烏龜掛在自己腰間。

這時聽到前面有喧鬧的聲音，看見很多人圍了

一個大圈，圈裏有人在喊：「走過路過不要錯過，快來看精彩表演呀！」

「政哥哥，看熱鬧去！」甘羅興奮地拉着嬴政跑了過去，兩人在人羣裏鑽呀鑽，鑽到了前面。呀，原來是有幾個民間藝人在賣藝，正表演雜技呢！

只見一個小伙子用兩隻手把三個杯子不停地拋來拋去，讓人很擔心會掉一個到地上，但那小伙子很厲害，總能保持着兩隻杯子在手裏，一隻杯子在空中。到最後，三隻杯子「咣咣咣」響了三聲，就全疊到一起了。圍觀的人都大聲喝彩。

那個小伙子放下杯子，向觀眾拱手行禮表示感謝，然後又拿出一疊碗，看上去大約有十個左右，準備表演下一個節目。

只見那小伙子一隻手捧着那疊碗，一隻手拿了一隻碗往上一拋，碗穩穩地落到了他頭上，接着，他又再拿起一隻碗往上一拋，碗「咣」的一聲剛好落到了頭上那隻碗的上面，兩隻碗疊在一起，觀眾都看呆了，個個都大張着嘴巴。接下來，第三隻，

第四隻……到最後，那十隻碗全都落到他頭上，疊得高高的，但又穩穩的。

甘羅和嬴政正看得開心，突然有人在後面使勁擠到他們身邊，推推撞撞的，差點把他推倒地上。甘羅扭過頭，朝那人看過去，發現撞自己的是一個面相有點兇的中年男人。

中年男人撞了人，也沒有道歉，只顧跟同行的伙伴說話：「唉，今天真大霉了。帶了三千錢出來，卻輸了一大半，現在錢袋裏只剩下一千錢了。」

那同伴瞪了他一眼，說：「那你還得感謝我呢！要不是我強把你拉走，你連這一千錢也會輸光。」

甘羅鼻子哼了哼，心想，人品這麼差，活該你輸錢。他也沒再理會那人，繼續看雜耍。

那些民間藝人表演了很多精彩節目，什麼胸口碎大石呀，空中走繩子呀，博得了一片叫好聲。表演完畢，其中一位像是領班，濃眉大眼的大叔朝觀眾拱手說：「今天的表演就到這裏了，如果各位覺

得好看，就打賞些錢吧！」

　　看雜耍的人有些沒給錢就走了，也有些朝那地上的竹籃子扔一兩個錢。甘羅留意到，身旁那個撞到他的中年人說了聲「一點不好看」，就拉着同伴走了。

　　甘羅看到那幾個民間藝人穿得很破爛，知道他們生活困難，很想給他們一些錢，但無奈身上的錢都用來買木劍了，他只好眼巴巴地看着嬴政，希望他打賞些錢給那幾個人。

　　嬴政明白甘羅的意思，趕緊掏出一把錢幣，「嘩啦啦」的放進了竹籃子裏，那幾個民間藝人看到了，都感激地嬴政拱手行禮，連聲說：「謝謝公子！謝謝公子！」

　　甘羅看了一場精彩表演，又看着政哥哥幫了有需要的人，心裏很高興，接着又拉着政哥哥逛街了。直到侍衞隊長走過來，跟嬴政示意該回王宮了，他們才掉頭朝市集出口走去。

第六章

錢袋是誰的

　　走到市集口時，眼尖的甘羅發現了剛才賣藝的那位領班大叔，他站在市集口的市亭旁邊東張西望，好像在等人。甘羅也沒多想，可能是在等跟他一起表演的那幾個人吧！

　　侍衛護着嬴政和甘羅出了市集，走到來時坐的那輛馬車邊上，正要上車，忽然聽到市集的門口傳來一陣吵鬧聲。

　　甘羅回頭一看，見到賣藝大叔前站了一個人，那個人正氣勢洶洶地指着賣藝大叔說話，看上去是在指責他什麼。

　　賣藝大叔出什麼事了？甘羅有點擔心，便對嬴政說：「政哥哥，我去看看賣藝大叔要不要幫忙。」

　　甘羅感覺到大叔是個老實人，不能讓老實人吃

虧呀!

贏政也看到了市集門口的情況,便「嗯」了一聲,拉着甘羅的手朝那邊走去。

他們走近了才發現賣藝大叔一臉惶恐,一副不知所措的樣子,而站他對面的人就在罵罵咧咧的:

「錢袋裏明明有三千錢,肯定是你拿走了,只留了一千錢在裏面。你馬上把拿走的錢還我,否則抓你去見官,讓你坐牢!」

賣藝大叔又是擺手又是搖頭,急得説話結結巴巴的:「沒沒沒、沒有啊,我我我、我怎麼會拿你的錢呢!我撿到錢袋以後,就來這裏等失主了,我根本沒有打開錢袋,更沒有拿裏面的東西。真的沒有……」

那人一手拿着個錢袋,一手指着賣藝大叔,指尖都差點戳到大叔的鼻子上了,罵道:「這錢袋就你碰過,除了你還有誰會拿走裏面的錢?你這個窮鬼,見錢眼開,我絕不放過你!」

這時,有很多老百姓圍觀,都議論紛紛的。大家憑直覺認為賣藝大叔是個老實人,不會拿別人的

錢，都很同情大叔。但那人咄咄逼人，一口咬定是大叔拿了他的錢。

甘羅和嬴政走到大叔跟前，甘羅問道：「大叔，出什麼事了？」

大叔認得甘羅和嬴政，他馬上急急地訴説起來：「兩位小公子，剛才看表演的人散了之後，我收拾東西時在地上發現了一個錢袋。我想肯定是看表演的人丟失的，所以我讓伙伴們先走，自己就來到市集門口等失主。」

大叔説到這裏，看了看站在對面的那個氣勢洶洶的人，説：「我等了半個時辰，就看到這人氣急敗壞地跑來了，跟門亭裏的官老爺説他丟了錢袋，問有沒有人撿到。我聽他這樣説，便把錢袋給他看，問是不是他的，他一看就説正是自己丟的那個。但是，他打開錢袋看了看，就大發脾氣，説是少了兩千錢，還説一定是我拿了，非要我賠給他不可。」

大叔説到這裏，臉上露出傷心又憤怒的神情：「我撿到錢包以後，怕失主丟了錢着急，一刻也沒

有停留，直接就來這裏等失主了。我根本沒有打開錢袋，沒有拿他的錢，但他一口咬定是我拿了，還說要去報官。沒想到我一片好心，卻這樣被人冤枉……」

「別裝可憐了，就是你這個窮光蛋，臭賣藝的，貪了我的錢！」那人沒等大叔說完，就聲色俱厲、口出惡言打斷他的話。

甘羅發現這聲音有點熟悉，回頭一看，不禁眼睛睜大了幾分，這不是剛才看表演時橫衝直撞，差點把自己撞倒的那個中年男人嗎？！

甘羅想起了這人之前跟伙伴說的話，很氣憤，你這個大壞蛋，明明是你自己去賭錢，把錢袋裏的三千錢輸掉了兩千，卻誣陷好心的大叔拿了，真是壞透了！這種人，一定懲罰一下，讓他吃點苦頭。

甘羅眼珠骨碌碌轉了轉，便問中年男人：「你說你的錢袋裏有多少錢？」

中年男人看看是個小孩子，沒好氣地揚揚手裏的錢袋，說：「你耳朵聾了嗎？我說過好多次了，我的錢袋有三千錢。不過現在只有一千錢了。」

甘羅一把奪過錢袋，說：「你的錢袋有三千錢，但這個錢袋只有一千錢，那就是說，這不是你的錢袋。你的錢袋可能掉到別處了，你去找吧！」

「你、你胡説，這就是我的錢包！」那中年男人急了，就想搶回錢袋。

一直在旁邊虎視眈眈的侍衛隊長，急忙伸手攔住中年人，還圓睜雙眼狠狠地盯着他，嚇得中年男人趕緊縮回手。

甘羅晃了晃手裏錢袋，繼續説：「你去找那個裝有三千錢的錢包吧，這個錢包肯定不是你的。既然這位大叔站在這裏等了半天了，失主都沒有尋來，説明失主已經離開這裏了。依我看，這錢包就歸這位拾金不昧的大叔好了。」

那些圍觀的百姓早就看那中年男人不順眼了，這時聽到甘羅的話，都大聲附和着：「這孩子説得對，你的錢袋是裝着三千錢的，而這錢袋才裝了一千錢，這分明不是你的錢袋。」

「快去找你的錢袋吧！」

「既然這錢袋不是這人的，又沒有別的人來認

領，那就按這孩子說的，應該送給這位誠實的好人。」

「的確應該這樣。」

中年人一聽，生怕連那一千錢也沒有了，連忙說：「不，不，這錢袋就是我的，我的錢袋就是裝了一千錢。」

甘羅心想，哼，這壞傢伙終於原形畢露了，便指着中年人大聲說：「你剛才明明說你的錢袋有三千錢，現在又說是一千錢，說話前後矛盾。現在我懷疑你是騙子，你根本沒有丟錢袋，你是見到大叔在這裏等失主，就起了貪心，說自己丟了錢袋，想冒領！」

老百姓一聽就火了，對呀，這分明是個騙子呀，我們大家都差點被他騙了。於是羣情激昂，喊道：「把他抓起來！」

「對，送官嚴懲！」

「抓他！抓他！讓他坐牢！」

一旁的市集官吏也看不慣那中年男人的行為，於是喚來兩名守衞市集的兵丁，把中年男人綁了，

又吩咐兵丁把他押往官府衙門。

「冤枉啊，冤枉啊！」中年男人掙扎着，大喊大叫。

但所有人都不聽他辯解，反而全都鼓起掌來，支持官吏採取行動，懲治壞人。

「哈哈哈哈……」甘羅設計懲罰了壞蛋，高興得哈哈大笑。

賣藝大叔感激地對甘羅說：「謝謝你，小公子！要不是你幫忙，我就要被那人陷害了。平白被冤枉，還要賠他錢。我家窮得叮噹響，還有年邁的爹娘要養，哪有兩千錢賠他呀！」

甘羅把那裝有一千錢的錢袋往賣藝大叔手裏一塞，說：「大叔，這錢你拿着，回去給家用。」

大叔又是擺手又是搖頭，不肯要：「不行不行，不是我的東西，我不能要！」

甘羅見大叔這樣，有點急了：「你不要，難道要給那個壞蛋嗎？你幫了他，他還要害你，要騙你的血汗錢。那麼壞的人，這錢才不給他呢！這錢，就當作是你剛才被他冤枉的賠償吧！」

這時，圍觀的人也紛紛出聲說服大叔，要他拿上錢袋。連那位官吏也點了點頭，表示同意。大叔便不再推辭，向大家拱手感謝之後，把錢袋收下了。

「嘻嘻嘻……」甘羅一邊笑着一邊上了馬車，他太高興了。今天出來一趟，收穫真大啊，買了禮物，看了熱鬧，幫助了賣藝人，還懲罰了壞蛋。哈哈，簡直太讓人心花怒放了！

第七章
刁蠻公主變花貓

王宮御花園裏，甘羅一個人在蹓躂着。瞧瞧花兒，看看小鳥，追追蝴蝶，一個人自得其樂。

今天，又輪到政哥哥上專屬課，來上課的是廷尉大人，是秦國掌管司法審判的最高官員。

本來甘羅可以自己讀書，或者自己去玩，但對甘羅來說，他只想在王宮裏多幹點活，好對得起發俸祿給他的秦莊襄王。

別看甘羅小，但他精靈得很，他很快便知道了伴讀是沒有俸祿的，他明白這是秦莊襄王用這藉口，幫他家裏度過難關而已。

對此他常懷感恩之心，總想在宮裏多做點事。所以每當嬴政聽專屬課時，他就會像隻勤勞的小蜜蜂那樣，在宮裏忙忙碌碌的，比如幫宮女姐姐搬搬東西呀，幫藏書閣的管理員爺爺整理圖書呀，或者

幫幫大臣伯伯送送通知呀，總之做些力所能及的事情。

今天甘羅在宮裏走了一圈，也沒找到事情做，便信步走到了南湖邊，他有點累了，便在湖邊一塊大石頭上坐了下來。湖裏有幾隻小鵝小鴨在游着，不時發出「鵝鵝鵝」、「嘎嘎嘎」的叫聲。

正在這時，「撲通」一聲，不知是誰往甘羅身旁的湖水裏扔了一塊石頭，水花濺了甘羅一身，也把小鵝小鴨嚇得四散而逃。

甘羅眼睛被水濺到了，又澀又難受，他趕緊用袖子去擦。等眼睛沒那麼難受時，他四處張望，想把那個肇事者找出來。

他喊了一聲：「是誰這麼無聊，出來！」

四周靜悄悄的，沒有人應聲。

甘羅開始還有點不高興，但見眼睛已經沒什麼事，便拿出小手帕擦了擦衣服上的水，打算息事寧人了。他本來就是一個好脾氣的孩子，很容易原諒別人。

剛把衣服上的水擦好，只聽到「撲通」一聲，

又一塊石頭扔過來，濺起了更大的水花，又澆了甘羅一頭一臉。

甘羅這回真生氣了，他年紀小，脾氣好，但不等於就可以隨便讓人欺負。於是，他騰地站了起來，用手抹了一下臉上的水，然後撒腿往旁邊那片小樹林跑去。

這湖邊唯一能藏人的地方，就是這片小樹林，那個扔石頭的壞蛋肯定就在樹林裏躲着。

果然不出甘羅的預料，他跑進小樹林，仔細觀察了一下周圍，就發現在一棵大樹後面，有一塊紅色的東西在晃動。那顯然是衣服的袖子，袖子裏伸出一隻手，手裏還拿着一塊石頭。

俗話說，捉賊拿贓。這回是人贓並獲了！

甘羅躡手躡腳走了過去，一把抓住了那隻手：

「你給我出來！」

緊接着聽到一聲尖叫：「啊！」

竟然是一把女孩子的聲音！

甘羅沒想到作弄自己的是一個女孩子，不由得怔了一怔，女孩趁機掙脫了甘羅的手，轉身就逃。

跑了十幾步，估計甘羅追不上她了，便停了下來，轉身看着甘羅，一臉挑釁。

那是個跟甘羅差不多年紀的小女孩，長得很漂亮，柳葉眉、丹鳳眼、小嘴巴，五官十分精緻。只可惜，她臉上的驕橫破壞了那張漂亮的臉孔。

這傢伙有點臉熟啊。甘羅想了想，記起來了，她是宋國公主九素！

甘羅跟這九素公主沒打過交道，只是有一次跟嬴政一起時，在路上碰見過她。嬴政跟甘羅說過這女孩子的身分，知道她是宋國送來秦國的質子，目前住在秦王宮的一個小院子裏。

自己跟她沒仇啊，甚至沒跟她說過一句話，幹嘛無端端捉弄自己。甘羅心裏有點納悶，有點惱火。不過，甘羅是一個善良孩子，是個小紳士，他從不欺負女孩子，而且即使是女孩子犯了小錯，都不會跟她們計較。何況，這九素公主是個可憐的質子。

甘羅當然知道質子意味着什麼，那是代表着離鄉別井，遠離父母，遠離親人，到一個陌生的地

方，孤零零寄人籬下。甘羅一向痛恨這種質子風氣，所以，對這個宋國來的小公主，他也有點同情。因此，他打算教育她一下，就放她走。

「你這樣是不對的。看，把我的衣服都弄濕了。」甘羅指了指自己身上。

本來他還想着，這九素公主可能只是貪玩，不是有意的，自己這麼一說，她就會羞愧地低下了頭，說：「我錯了，下次不敢了。」

沒想到，九素眨巴眨巴眼睛，眉毛一挑，說：「弄濕又怎樣？我喜歡！我不但要把你弄一身水，還要把你踢進湖裏，淹死你！」

「你！」甘羅頓時驚呆了，世界上怎麼會有這種黑心腸的女孩！

這時候，九素公主又一臉傲慢地說：「還想教訓我，也不看看自己什麼身分。」

她的眼睛朝甘羅衣服上的補釘掃了掃，腦海裏又想起了那個內侍對她說過的話：「那個小伴讀可壞了，整天纏着公子，討好公子，所以公子才沒時間跟你一起玩的。他只是個沒錢沒勢的窮小子罷

了，哪比得上你一國公主，金枝玉葉。公主你以後見到他，得狠狠教訓他一下。」

想到這裏，九素公主鼻子一皺，嘴巴一撇，說了聲：「死窮鬼！」

甘羅發怒了，我是窮，但窮就可以讓人侮辱自己嗎，他指着九素公主說：「你敢再說一遍！」

「死窮鬼死窮鬼死窮鬼！」九素公主繼續挑釁。

甘羅決定教訓一下這個不知天高地厚的刁蠻公主，他氣呼呼地揸着小拳頭，朝九素公主衝了過去。

九素公主拔腿就跑，一邊跑一邊繼續喊着：「死窮鬼死窮鬼死窮鬼……」

論跑步，九素公主一個嬌生慣養的千金公主哪比得上甘羅，人家甘羅是每天跑步背書上學的呀，身體好，跑得快。

九素公主跑着跑着，一回頭見到甘羅快追上來了，知道自己跑不過他，便停了下來，指着甘羅，氣喘吁吁地說：「你、你別過來，你知道我爹是誰

嗎？」

甘羅也停下腳步，站在離九素公主幾步遠的地方，「哼」了一聲，說：「我哪裏知道你爹是誰。」

這時候剛好有一隻大胖豬從樹林裏走過，甘羅朝牠打了個招呼：

「喂，大胖豬，你知道她的爹爹是誰嗎？」

大胖豬停了下來，傻呼呼地看着甘羅，九素公主也一臉莫名其妙。只是因為大胖豬不會説話，所以提出疑問的只有九素公主一個：「你為什麼要去問豬？」

甘羅呲起小虎牙，笑了笑説：「因為牠是你同類啊！牠肯定知道你爹爹是誰。」

「你！你！」九素公主一聽氣得肺都要炸了，「你這個窮光蛋，竟敢説我是豬！」

甘羅心裏有小火苗在一躥一躥的，真是個毒舌的小魔女！我窮關你什麼事，又沒有去搶你家的錢，沒有去吃了你家的米飯，沒有礙着你走路，幹嘛那麼惡毒。

甘羅決心懲治一下這個小魔女。

　　「我窮？你才窮，我一點不窮。」甘羅從袖袋裏掏出幾個錢幣，「你看，我有錢。」

　　「真好笑，只是幾個小破錢罷了。你看我的。」九素公主露出一臉鄙視，她指指自己脖子上掛着的金項圈，說，「你那幾個小破錢算什麼，我一個金項圈就值一萬錢。」

　　「哼，不害躁！那是你的錢嗎？是你掙來的嗎？看你這蠢樣子，會掙錢才怪呢！既然你自己不會掙錢，哪來的錢？偷來的吧！」甘羅說。

　　「什麼偷來的，是我家裏給的！」九素公主大怒。

　　「你家裏給的，那就是你家裏的錢，不是你的錢。」甘羅鼻子「哼」了一聲。

　　「那你的錢也是你家裏給的，也不是你的錢。」九素公主好像抓到了甘羅的破綻。

　　「那你就大錯特錯了！這的確是我的錢。這是我做伴讀掙到的俸祿，所以這絕對是我自己的錢。而你呢，一個錢也沒有，只能靠家裏給。所以，你

才是真正的窮光蛋。」甘羅挺着小胸膛，大義凜然地說。

「你！你這個⋯⋯」九素公主剛想罵窮光蛋，但想起甘羅剛才的話，又嚥那三個字回去了。

惱羞成怒之下，九素公主又發起公主脾氣：「你竟敢罵我，你知道我是誰嗎？我是宋國公主，我可以叫父王殺了你！」

「那你又知道我是誰嗎？我是公主殺手，專門對付刁蠻任性、心腸不好的刁蠻公主！我有斬妖劍在手，我不用找家長，我自己就可以打妖怪！」甘羅一點也不退讓。

伶牙利齒的九素公主突然發現自己遇到了一個強大的對手：

「你、你這個窮⋯⋯你這個小豆丁！」

甘羅毫不示弱：「你這個蠢丫頭！」

「小豆丁！」

「蠢丫頭！」

九素公主仍在垂死掙扎，但她也很明白自己碰到高人了，眼看形勢不妙，於是「哼」了一聲：

「咱們走着瞧!本公主暫且讓你得意幾天,你小心點!」說完轉身就走。

可她沒跑幾步衣服就被甘羅揪住了,掙了幾下也沒能掙開。

「做壞事不認錯不道歉,就想走嗎,沒那麼便宜的事。」甘羅一點沒有饒過她的意思。

「你想怎麼樣?打我?」九素公主一副寧死不屈的樣子。

甘羅是個小紳士,不會打女孩,但對這種惹事生非的人,得給她點教訓。這時,他眼光瞟到地上有一小堆黑炭,這是焚燒樹枝留下的,他心裏一動,想到懲罰小魔女的主意了。

「我不打你。」甘羅嘿嘿地笑着,「閉上眼睛,站好!」

九素公主驚悚地看着他,顫聲説:「我不!你想趁着我閉上眼睛,把我推進湖裏吧!」

「如果我想的話,你睜着眼睛我也能把你推下去。知道怕了嗎?趕快閉眼,要不我馬上就把你推下湖去。我數三下,一、二⋯⋯」甘羅説。

九素公主打了個顫，趕緊閉上眼睛。

甘羅彎腰，把手指在炭末中劃拉一下，然後用沾滿黑色炭灰的手指，開始在九素臉上畫了起來。

九素嚇了一跳，睜開眼睛，拚命躲閃着不讓甘羅畫：「你在我臉上畫什麼？不行，不行！」

甘羅裝出一副很兇的樣子，說：「你寧願讓我在你臉上畫畫，還是寧願被我推進湖水裏？」

九素公主呆了呆，認命地閉上了眼睛。

甘羅繼續在九素臉上畫着，先是在額頭畫了些橫紋，又畫了兩個大黑眼圈，再在她肉嘟嘟的臉蛋兩邊各畫了幾條橫線，欣賞了一下，再把她的鼻頭塗黑了。哈，大功告成，一個貓臉勾畫出來了。

「好了，睜開眼睛吧！」甘羅說，「你可以走了。」

九素公主一聽甘羅說讓她走，拔腿就跑。

跑了一會兒，又想看看甘羅在她臉上畫了些什麼，便跑到湖邊，朝水裏瞧。清澈的湖水照出了一張長着鬍子的貓臉，哇，九素大哭着，雙手捂臉，跑了。

被人畫成了一隻貓，好生氣好生氣！

「父王，母后，有人欺負我！」九素公主哭着喊着，很快想起她是在秦國，父母都不在身邊，便又換了「政哥哥啊，有人欺負我！」

她好想馬上去找政哥哥哭訴，但想想自己那張醜陋的貓臉，便又掉頭往自己那個小院跑。她要洗乾淨自己的臉，要回復原先的美麗，才能去找政哥哥。

這時，甘羅看看天色，估計時間差不多了，政哥哥的專屬課也應該上完了吧，於是便大搖大擺的往回走了。

他一邊走，一邊回憶着九素公主的貓臉，又忍不住大笑三聲，看你小魔女以後還敢不敢那麼囂張。自己的畫工還是不錯啊，貓臉畫得挺成功的。哈哈！

可是，他怎麼也想不通，自己沒得罪過那九素公主，她為什麼要這樣對待自己呢？還有，自己也沒有跟她打過交道，她怎麼會認識自己，好像還了解自己家裏狀況呢，不然就不會說自己是窮鬼了。

好奇怪啊！

自己在宮裏是個人見人愛的小郎君，除了那個趙高之外……

咦？趙高？甘羅突然閃出一個念頭，九素公主對我不好，會不會跟趙高有關？

第八章
惡人先告狀

　　甘羅猜對了，九素對甘羅的恨意，就是趙高挑起來的。

　　作為質子，九素公主也挺不容易的，何況她還只是個小女孩。在古代，兩國之間為了博取彼此的信任，國王之間經常互相「質子」，即雙方面都把自己至親的人送到對方國家做抵押，作為一種守約的保證。但是也有另一種情況，是因為一個國家有求於另一個國家，這樣質子便成了單方面的行為，即只有求人的國家把質子送到被請求的國家。

　　宋國是個小國，國力弱小，秦國以及別的幾個大國都對其虎視眈眈。為了打消秦國入侵的念頭，也為了在別國意圖入侵時得到秦國的援助，所以宋王把自家公主送到了秦國作質子。

　　質子一般都是男的，為什麼宋國會送個公主來

呢？其實這是宋王的小心思。他很想把公主嫁給嬴政，這樣他就跟秦王成了親戚，那秦國也不好意思去攻打自己的親戚了。而且其他國家想打宋國時，秦國也必然會出手相助。但他又怕秦國看不上他女兒，所以，他以質子名義把女兒送到秦國，想讓女兒多跟嬴政接近，和嬴政建立感情，到時再提出婚事，那成功率就會高很多了。

臨別時，宋王向女兒交代了任務，要她務必要讓嬴政喜歡上她，這是關係到宋國生死存亡的大事。

九素公主本來對自己很有信心的，因為她長得漂亮呀，男孩子不都喜歡漂亮女孩的嗎？相信嬴政也會喜歡自己的。但是到了秦國之後，嬴政卻十分冷淡，對她愛理不理的。她好幾次故意在路上等他，裝作碰巧遇見，撒嬌説要政哥哥帶她去玩，但每次嬴政都説要讀書，拉着他那個小伴讀就走，連看也不多看她一眼。

九素公主全沒辦法，她不由得羨慕起那個小伴讀來，要是自己能每天陪着政哥哥讀書就好了，以

自己的美麗和聰明，一定能讓政哥哥另眼相看，喜歡上自己。

本來，九素公主對小伴讀只是羨慕和妒忌，但她的心思被趙高察覺了，趙高故意接九素公主，博得好感後，就在她面前說了甘羅很多壞話，還說嬴政之所以對她這樣冷淡，是由於小伴讀甘羅的挑撥。九素公主完全相信了，所以恨死了甘羅。

再說九素公主捂着臉跑回了小院，讓小宮女給她洗臉換衣服，看着鏡子裏回復漂亮的自己，便又急急出門了。她要趁着之前哭過，眼睛還有點腫，模樣比較慘，趕快去找政哥哥哭訴，這樣效果一定更好。

小宮女送公主到門口，這個小主人脾氣有點怪，就是不喜歡讓宮女陪着出去，喜歡一個人到處跑。

嬴政上完自己的專屬課，正站在門口看甘羅回來沒有，九素公主一見他便「嗚嗚」裝哭，還哭訴着：「政哥哥，我讓人欺負了，你幫我抽他，打死他。」

嬴政有點尷尬地看着九素公主。這個女孩自從來到秦國後，常常借着這樣或那樣的理由來找自己，或者經常裝作偶遇，在他常走過的地方等候，想跟他說話，如果嬴政沒有察覺到九素公主的小心思，那他就真是個大笨蛋了。

　　但嬴政並不喜歡九素公主。一來他才十幾歲，還是個孩子，還沒有成家立室的念頭，二來他也不是喜歡這種類型的女孩子。所以他每次遠遠見到九素公主，都馬上避之則吉，他實在不想搭理這個纏人的傢伙。

　　這次被她堵個正着，想跑也跑不掉，只好尷尬地問：「誰欺負你了？」

　　這時，剛好甘羅悠哉遊哉地回來了，九素公主一見，像見了仇人似的，一手叉腰，一手指着甘羅，告訴嬴政：「他，就是他！就是他欺負我！」

　　甘羅一見不禁大皺眉頭，怎麼又見到這個小魔女了。真是惡人先告狀啊！

　　嬴政見九素公主指證甘羅，馬上搖頭說：「不會的，甘羅不會欺負人的。」

九素公主急了，衝着甘羅喊：「男子漢敢做敢當，你説你剛才是不是欺負我了。」

甘羅眨眨眼睛，説：「欺負你？我欺負一個茶壺幹什麼？」

茶壺？什麼茶壺？九素公主楞住了，一時沒明白甘羅什麼意思。

嬴政瞟了瞟九素公主的姿勢，不禁哈哈大笑，連腰都笑彎了。而甘羅就在一旁呲着小白牙笑得十分得意。

九素公主摸不着頭腦，又氣又惱。站在嬴政身旁的小內侍小桂子好心提醒她，學着她的樣子，左手叉腰，右手指向一旁，嘴裏還無聲地説了「茶壺」兩個字。九素公主才恍然大悟，原來甘羅説她的動作像一個茶壺。她「啊」叫了一聲，立即把兩隻手放了下來。

「哇！」這回九素公主是真的哭了。

在嬴政哥哥面前被人恥笑，太丟臉了！她心中恨甘羅，但又不敢在嬴政跟前放肆，只好一頓腳，捂着臉轉身就跑。

告狀不成反被嘲笑，太倒霉了！

贏政和甘羅對望一眼，又不禁哈哈大笑起來。贏政問：「你怎麼得罪九素公主了？」

甘羅只好把剛才在湖邊發生的事一一説了。贏政聽到甘羅給九素公主畫了花貓臉，又是一陣大笑。

再說九素公主忿忿地走着，正好碰到來給贏政送東西的趙高，趙高心裏其實很瞧不起這個弱國來的質子，但因為要利用她對付甘羅，所以每當見到九素時，都會做出一副恭恭敬敬的樣子。

當下見到九素，趙高朝她深深一揖，稱一聲「九素公主。」九素正一肚子氣，想找個人來罵，一見趙高，不由得就把氣撒到他身上，兩眼瞪着趙高罵道：「都是你不好，説什麼甘羅無權無勢，還是個窮光蛋，可以任人欺負。現在我不但沒能捉弄他，反讓他欺負了，都是你，是你讓我丟臉的。」

她小嘴「嗶哩啪啦」地，把剛才發生在湖邊的事説了。

趙高心裏暗罵，這死丫頭真不中用，一個小孩

都對付不了，還來怨我。心裏罵着，但臉上還是充滿恭順，説：「我該死，我該死！」

他伸手打了自己臉頰一下，又接着説：

「甘羅這樣欺負你一個千金公主，實在罪大惡極。一次失利不等於次次失利，以公主的聰明，一定有辦法懲戒他。」

九素公主「哼」了一聲，仰起頭，傲驕地説：「那當然！他給我畫貓臉，令我沒臉，我很快就要讓他顏面掃地。」

趙高朝九素公主深深作躬，説：「公主高明，祝公主馬到成功。」

「哼！」九素公主昂着頭，像隻高傲的孔雀那樣，走了。

趙高謟笑着，弓着身子送九素公主離開，等到看不到她身影的時候才直起腰來。他馬上換了一副嘴臉，鼻子「哼」了一聲，説：「哼，死丫頭。裝什麼高貴！我就是要你們兩相爭鬥，兩敗俱傷。」

第九章
一隻小豬的風波

今天上午，又有嬴政的專屬課，這次來講課的是治粟內史，治粟內史是掌管秦國糧食稅收和財政收支的最高官員。

甘羅知道藏書閣這幾天忙着曬書，他早就想去幫忙了，但因為要上課，沒有時間去。今天政哥哥上專屬課，他不用上，可以去幫忙。所以，他跟政哥哥報備了一聲，就急急忙忙跑去了藏書閣，幫那裏的叔叔伯伯們曬書。

戰國時的書都是用木或竹製成的竹簡，竹簡很容易潮濕，如果不定期在太陽底下曬曬，就會長小蟲子，把書蛀壞，所以藏書閣每年都要曬幾次書。

一卷竹簡有三到五斤重，甘羅人小，每次只能抱着一到兩卷竹簡，「嘿喲嘿喲」地喊着，邁着小短腿在藏書閣跑上跑下的，氣喘吁吁、十分賣力。

藏書閣的最高管理官員是藏書史，藏書史是一個五十多歲的伯伯，他很喜歡助人為樂的小甘羅，見到甘羅跑得氣喘吁吁的，便慈祥地喊道：

「小甘羅，慢點，不用急。你一次拿一卷書就好了。」

「伯伯，知道了！」甘羅清脆地應着，小短腿跑得更歡了。

藏書史伯伯摸摸鬍子，笑着說：「真是個懂事又勤快的好孩子。」

今天是曬書的最後一天了，在小甘羅的激勵下，藏書閣的叔叔伯伯都幹勁十足，很快就把餘下未曬的書簡全都搬到了曬場上。

「伯伯再見！叔叔再見！」見到沒什麼要幫忙的了，甘羅揮着小手，跟叔叔伯伯們說了再見，然後就離開了藏書閣。

看看離贏政上完專屬課的時間也差不多了，甘羅就沿着林蔭路慢慢走回學堂。一邊走，一邊吃着叔叔伯伯們給他的零食。

忽然，他見到前面圍了一堆人，好像在看什

麼，還聽到有笑聲。

有熱鬧看！甘羅趕緊邁着小短腿跑了過去。

只見圍了幾十個人，都是十來歲的年紀，有的是宮中的皇親國戚，有的是侍候他們的小內侍小宮女。他們都朝着地上什麼東西在指指點點，見到甘羅走來，他們的眼睛都落到了他身上，有的還用手指着甘羅，哈哈大笑起來。

看來這事情跟自己有關哦！甘羅心裏想着，便撥開人羣，走到了熱鬧的中心。

只見地上站着一隻胖呼呼的小豬，小豬正瞪着黑溜溜的眼珠，看着圍繞牠的人。牠好像一點也不害怕，昂着頭，嘴裏「哼哼哼」叫着，好像在威嚇圍着牠的人。

甘羅發現小豬脖子上掛了一塊小木板，那上面寫着字呢！再仔細一瞧，上面寫的字是「甘羅」。

是誰開這樣玩笑！甘羅很惱火。我犯着誰了，竟然説我是豬。

這時，從路旁一棵樹後走出一個小女孩，她帶着一臉得意的笑容，走到甘羅面前，用帶着嘲弄和

挑釁的目光看着他，嘴裏吐出一個字：「豬！」

「原來是你，蠢丫頭！」甘羅笑瞇瞇地看着那個喜歡惹事的刁蠻公主。

看到甘羅的笑容，九素公主愣了愣，咦，他不是應該羞愧得無地自容嗎？不是應該被我氣哭嗎？怎麼還笑呢！

甘羅笑瞇瞇地朝九素公主靠近了一點，歪着腦袋觀察她的眼睛。

九素公主被他看得心裏發毛，往後退了一步，氣急敗壞地說：「你看什麼？」

甘羅呲着小白牙，笑嘻嘻地說：「我看你的眼睛是不是出問題了。」

九素公主瞪着甘羅：「什麼意思？」

甘羅嗤了一聲，說：「你衝着我叫豬，除了眼睛出問題，還有別的原因嗎？」

九素公主氣得直跺腳：「我眼睛一點問題也沒有！你眼睛才有問題，你全家眼睛都有問題！」

甘羅這時好像有點恍然大悟似的，說：「哦，你眼睛沒有問題？哦，那我明白了，你的眼睛沒有

問題，但因為你是豬，你的眼睛是豬眼睛，所以把人也看成豬了。」

九素公主氣得指着甘羅，惱羞成怒地說：「你、你你你！」

圍觀的人見這事本來是九素公主挑釁在先，又見到甘羅一點不畏懼，小嘴「劈里啪拉」把九素嗆得啞口無言，就都朝甘羅豎起大拇指。

九素公主一跺腳，捂着臉嗚嗚哭起來了。

往常在宋國時，別說是哭，她只要一表示不高興，就馬上有人來哄她了。她哭了一會兒，見到沒人理她，才想起現在不是在自己國家，而是作為人質留在別的國家，便委屈地止住了哭聲。這時，她才發現圍觀的人都走了，只剩下甘羅，還有她那隻小豬還站着，小豬盯着她的嘴，也許是覺得那裏發出的「嗚嗚」聲很奇怪；而甘羅卻很好奇地看着她手腕上戴着的手鐲，研究着那上面刻着的兩個字。

甘羅見到九素公主不哭了，把目光從那隻手鐲上收了回來，說：「不哭啦？好了，那我走了。」

「不許走！」九素公主卻張開兩手，攔住甘羅

的去路。

甘羅皺皺眉頭，説：「又怎麼啦？還有完沒完！」

九素公主圓睜雙眼，大聲説：「你剛才看了我的豬，就要給錢。一千錢，拿來！」

甘羅睜大眼睛，説：「看看豬就要給一千錢，你瘋了？」

九素公主哼了一聲説：「去戲園子看戲都要給錢，看豬怎麼就不用給錢了！」

甘羅心想，你這蠢丫頭，竟想訛詐我，好，就讓你「偷雞不成還蝕把米」。於是説：「如果看豬要給錢的話，那也是你給錢我呀！」

九素公主眼睛一瞪：「胡説！這豬是我的，當然是你給我錢！」

「不，這豬是我的。」甘羅指着小豬脖子上的小木牌，説，「那上面刻着我的名字呢！」

九素公主一愣，自己把刻了甘羅名字的牌子掛在小豬脖子上，是想嘲弄甘羅是豬，沒想到甘羅卻利用這兩個字，反將她一軍。她只好氣急敗壞地嚷

着：「刻着你名字就一定是你的嗎？」

「在回答你這個問題之前，我先問你一個問題，這隻鐲子是不是你的？」甘羅指了指九素公主手腕上的那隻銀鐲子。

那鐲子是母親專門找人給九素打造的，還專門在上面刻上了「九素」兩個字，因此，甘羅這樣一問，九素就出於自然反應，脫口而出：「當然是我的，這上面還刻了我的名字呢！」

甘羅哈哈大笑，說：「既然手鐲刻了你的名字，就代表手鐲是你的。同樣道理，小豬脖子上的木牌刻了我的名字，也代表着小豬是我的了！」

「啊！」九素公主頓時瞠目結舌，無話可說。

甘羅得意地笑着，說：「沒話說了吧！小豬就是我的。你看，我還能讓牠聽我的話，乖乖跟我回家呢！」

九素公主一聽馬上來精神了，這回可以看這小屁孩笑話了，自己養的寵物豬，要走也是跟自己走，怎會跟他一個陌生人回家呢！她「嗤」笑一聲，說：「好啊，那你就試試看。」

甘羅蹲下身子，把手伸向小豬，說：「小豬豬，跟我回家吧！」

接下來發生的事，讓九素公主驚詫得差點連眼珠子都掉到地上，只見小豬抽了抽鼻子，然後就邁開四隻小蹄子，一顛一顛地朝甘羅跑了過去。

甘羅朝九素公主挑了挑下巴，然後轉身就走。那小豬竟然緊緊地跟着，生怕甘羅不帶牠似的。

「你回來！笨豬，臭豬，我才是你主人啊！」九素公主氣急敗壞地朝小豬大喊，可小豬頭也不回，氣得九素兩眼淚花直冒。

「小豆丁，我不會放過你的！」九素公主使勁跺腳。

「蠢丫頭，再見！」甘羅頭也不回，抬手揮了揮。

就這樣，甘羅得意洋洋地頭前走着，一隻小豬緊緊跟在後頭。九素公主真不明白，小豬為什麼會死心塌地跟着甘羅，其實她不知道，是因為小豬嗅到了甘羅手上的食物香氣，甘羅手心裏揑着一塊沒吃完的糖餅呢！小豬好想吃，就自然跟着甘羅走

了。

雖然女主人對自己也不錯，但那小男孩手心的東西對牠更誘惑，聞起來好香哦！好想吃好想吃好想吃！

甘羅把小豬帶到宮中的一個小房間，這是嬴政特意留給他休息用的。甘羅把手裏的糖餅，還有揣在懷裏的零食全掏出來，給了小豬，還囑咐牠：「你要乖啊，別到處亂走，王宮裏有很多侍衛叔叔，如果他們誤會你是沒有主人的野豬，會把你捉起來做成烤乳豬，把你吃掉的。你要好好地在這裏吃餅餅，吃完就睡個覺，等我上完課回來就跟你玩。」

小豬哼「哼哼」地答應着，小朋友你放心，一百個放心，我不會到處跑的，我還想多活幾年呢！

第十章
政哥哥要娶媳婦了

甘羅直到吃完午飯，才把政哥哥帶到自己的小休息室，給他介紹了吃得飽飽的、睡得也飽飽的小豬豬，同時把上午跟小魔女鬥智鬥勇的經過告訴了政哥哥。嬴政聽了，笑得差點在地上打滾：「哎喲，笑死我了！笑死我了！」

甘羅在一邊得意地笑着。小豬雖然知道他們在笑話自己的主人，自己不應該附和，但想到自己吃了甘羅的好東西，也有義務捧捧場，於是在一邊哼哼哼地叫着，也算是表示自己態度了。

嬴政終於止住了笑聲，他蹲下來瞅着小豬圓滾滾的身體，說道：「這就是你繳獲的勝利品嗎？這小豬肉呼呼的，用來烤乳豬一定很好吃。」

小豬一聽嚇壞了，趕緊躲在甘羅身後。這裏的人好可怕，怎麼個個都想把自己做成烤乳豬。

「噢，小豬豬不要怕，政哥哥跟你鬧着玩呢！」甘羅急忙安慰着。

「不是鬧着玩，我是認真的。」偏偏嬴政舐着嘴唇説道。

小豬怕得瑟瑟發抖，自己不會成為史上第一隻因貪吃而丟了小命的豬吧！牠心裏在吶喊，寶寶害怕，寶寶要回家！

「政哥哥，你別嚇唬小豬好不好。小豬不可以吃的，牠是九素公主的。我帶牠回來，只是想教訓一下那個刁蠻任性的小魔女，我以後要還給九素公主的。」

「嗯嗯嗯。」小豬拚命點頭。

嬴政卻一臉不以為然：「她那麼可惡，你還要把小豬還她。」

「雖然她刁蠻任性又毒舌，但想想她還是有點可憐的。這小豬可能是她心愛的寵物呢，還是還給她吧！」甘羅想了想又説，「不過，我要跟小豬玩幾天，再送牠回去。小豬太可愛了！」

小豬趕緊點頭。牠也想跟甘羅玩幾天。

「好吧，聽你的，我不吃烤乳豬了。」嬴政點點頭。

小豬這才大大鬆了一口氣。

離上堂還有一點時間，甘羅和嬴政帶着小豬到花園裏玩捉迷藏遊戲，小豬負責捉，甘羅和嬴政負責躲藏。捉迷藏這種遊戲，躲藏的會更主動更好玩，所以大家都想做躲藏的那個，為表示公正，所以參加遊戲的人就要用猜剪刀、石頭、布，來決定誰做捉，誰做藏。只是因為豬是沒有人權的，所以嬴政和甘羅也不管公平不公平，直接就用黑布蒙住了小豬的眼睛，然後就飛快地跑開，各自找地方藏了起來。

可是，他們萬萬沒有想到，小豬不到幾分鐘就捉住他們了。他們不服氣，再藏，又再被捉，一連很多次，嬴政和甘羅不得不甘敗下風，在小豬面前承認失敗。他們心裏暗暗發誓，以後再也不跟豬玩捉迷藏了。

小豬心裏可是暗暗得意，哈哈，這些人類根本不知道，豬的嗅覺靈敏度比狗還要高呢！豬鼻子不

但嗅覺靈敏，觸覺也十分厲害，在野生環境中，沒有主人餵養的豬，就是靠着鼻子來嗅出埋藏在地底下的各類植物根莖，還有各種小昆蟲，挖出來用作食物，用來充飢，維持生命。所以，用嗅覺來找人，根本不費勁。

離下午上課還有一段時間，兩人一豬躺臥在草坪上曬太陽。嬴政告訴了甘羅一件事：「甘羅，我要娶媳婦了。」

甘羅一聽，馬上一骨碌坐了起來，說：「啊，政哥哥要娶媳婦？不好，不好！」

嬴政很奇怪地看着他，問道：「為什麼不好呢？每個人都要娶媳婦的。你長大了，你姨母也要幫你娶媳婦的。」

甘羅身子扭得像麻花，頭搖得像個撥郎鼓，說：「我不要！我才不娶媳婦呢！要是娶了一個像九素公主那樣的小魔女，豈不是要煩死。」

嬴政哈哈笑了兩聲，說：「不是每個女孩子都會像九素那般刁蠻任性的，聽說父王給我找的那個女孩就很好。」

看着嬴政向往的樣子，甘羅用小手指撥拉着腮幫子説：「羞羞羞，政哥哥想小媳婦兒囉！」

嬴政的臉一下子紅了，甘羅更得意了，又唸起一首兒歌：「小小子兒，坐門檻兒，哭着喊着要娶媳婦兒……」

「臭小孩，不準唱！」嬴政跳起來，去捂甘羅的嘴。

甘羅哈哈笑着逃開了，嘴裏仍然唸着兒歌，而且還改了詞：「小小政哥兒，坐門檻兒，哭着喊着要娶媳婦兒……」

「看我收拾你！」嬴政笑罵道。

嬴政比甘羅高了一大截，甘羅哪裏是他對手，很快就被撲倒地上。嬴政伸手去咯吱甘羅，甘羅最怕咯吱了，趕緊求饒。

鬧夠了，兩個人並排躺在草地上呼呼喘氣。甘羅忽然湊近嬴政，很八卦地問道：「你未來的小媳婦兒是什麼人？她怎麼好？」

嬴政有點不好意思，他紅着臉説：「她是鄭國的嫣然公主，跟我同齡。傳説中她長得很美，性格

也很溫順，是個好女孩。」

「傳說中？」甘羅皺着小眉頭，「那就是道聽途說了。」

嬴政點點頭，說：「也可以這麼說。不但我沒見過她，連我父王也沒見過。對她的一切，我們都是從旁了解的。」

「這樣不行啊，如果傳言是假的，娶了一個野蠻小魔女，那怎麼辦？」甘羅很為政哥哥着急，「你還是先派人去鄭國去了解一下，才答應這門親事。」

嬴政搖搖頭說：「遲了，鄭國公主已經由一個議親團陪同，往秦國來了，今天晚上就會到達。」

「啊，今天晚上就到達！」甘羅想了想，拍拍胸脯，說，「好，政哥哥，我想辦法替你把把關，看她是小魔女，還是小淑女。」

第十一章
惜花的小姐姐

　　甘羅站在專門接待各國使臣的驛館外面，眼睛碌碌轉，他在想着怎麼混進驛館去。鄭國的嫣然公主就住在這個驛館裏，他要實現對政哥哥的承諾，了解一下那位公主的為人。

　　但他已經是兩次被趕出來了。

　　第一次，他是以公子政伴讀的身分進去，説是來拜訪鄭國使團的，但費盡唇舌，門衛卻怎麼也不讓他進去。門衛大叔説：「你這小孩子，連謊話都不會編，有你這麼小的伴讀嗎？如果你真是伴讀，那我就是丞相了。走走走，到一邊玩去！」

　　第二次，他是混在一堆外國使臣當中，想蒙混過關的。沒想到，眼尖的門衛大叔一下就把他揪出來了，這回認認真真地警告了他一番，還指了指不遠處圍牆邊的一樹大樹，恐嚇説：「再搗蛋就把你

掛到樹上去。」

「唉，都是人小的錯，沒有人相信我。還要把我掛樹上，哼！」甘羅嘀咕着，突然，他想到了什麼，「掛樹上？嘻嘻，有辦法！」

甘羅「蹬蹬蹬」跑到那棵大樹下，回頭看看門衞大叔已經回了門房裏面坐，便「嘻嘻」地笑了幾聲，然後抱着樹幹，兩腳一蹬一蹬地往上爬。

沒想到小甘羅還是個爬樹小能手呢，他一會兒就爬到了樹上，在樹杈上坐了下來。撥開枝葉，他探頭探腦地往驛館裏看。

只見裏面地方還挺大的，星羅棋布的坐落着一座座獨門獨戶的院子，想來是方便不同國家的使團，都能夠享有獨立空間，不會被別的使團騷擾。

驛館裏靜悄悄的，住在裏面的人，應該多數出去辦事了，留下的人都待在自己使團的小院子裏，所以甘羅不擔心被人發現。

大樹很大，有一半的樹枝伸進了驛館裏，甘羅坐在一根粗大的分枝上，屁股一挪一挪的，挪到了一個合適的地方，只要往下一跳，就可以跳進驛館

裏面。

可是，他往下一瞧，媽呀，離地有點高呢，跳下去會有危險，説不定會摔個鼻青臉腫。甘羅可不會幹這種蠢事，他想了想，就抓住一根看上去能承受自己體重的樹枝，往下一蕩。

啊，沒想到他判斷錯誤，沒有希望中的腳踏實地，他的身體在空中一蕩一蕩的，離地面還有大約他一人身高的距離。

跳，還是不跳，這是一個很嚴肅的問題。

甘羅往下瞧瞧，好像不高，跳下去應該沒問題的。但想起自己之前的誤判，又有點心虛，只好狼狽地隨着枝條的晃動蕩來蕩去，上又不得，下又不敢。

甘羅好想哭啊，這回不是門衞把他掛樹上，而是自己把自己掛樹上了。

這時，有兩個人走過來，看樣子是剛從外面回來，準備走進其中一座小院的。兩個都是年輕貌美的少女，走在前面的一個身穿一套淺紅色衣裳，身材苗條，後面跟着的那個身穿紫色衣裙，跟淺紅衣

少女成巨大反差，長得很高大，看上去是淺紅衣少女的跟班丫環。

「啊！」淺紅衣少女首先發現了被吊着晃來晃去的甘羅，她馬上對紫衣丫環說，「快，把那孩子抱下來！」

甘羅一看有人來了，心裏一喜，但隨即又覺得很沒臉，讓兩個美女姐姐看見自己的狼狽樣子，太糗了。

這時，紫衣丫環已經跑到甘羅面前，她一伸手，抱住甘羅的腳。甘羅把抓住樹枝的手一鬆，趁勢跳下地來。他隨即用手把臉捂住了，不能讓美女姐姐知道自己是誰。

站在十幾步遠的淺紅衣少女，雖然沒看見甘羅漲紅的臉，但好像也感覺到甘羅的尷尬。又想起甘羅之前像個布娃娃似的，掛在樹上蕩來蕩去的樣子，不禁「撲哧」一笑，然後捂着嘴離開了，紫衣少女急忙跟上。小路上響起兩個少女銀鈴般的笑聲。

甘羅緊緊捂着臉，直到聽見兩個少女的笑聲遠

離才鬆開手。這時，他才想起來，自己還沒有跟人家說聲謝謝呢！真丟人，人家救了自己，自己連多謝也沒說一聲。

甘羅在心裏埋怨了自己一番，然後才想起自己來這裏的任務。哎呀，下午公主就進宮了，沒時間再耽擱了。趕快找個人打聽一下，鄭國使團住在哪裏。

甘羅在樹下東張西望了一會兒，才又看到一位中年大叔走來。甘羅急忙走過去，對大叔行了禮，然後問道：「請問大叔，鄭國使團住在那個院子？」

大叔低頭，見是一個長相乖巧的孩子，便說：「你沿着小路往前走，然後左拐，門口寫着『梅園』的那座便是。」

「謝謝大叔！」甘羅朝大叔鞠了個躬，向他道謝。

「不用客氣！」大叔匆匆忙忙地走了。

「梅園，名字好好聽哦！」甘羅自言自語地說着，朝大叔指的那條小路，一路找去。

小短腿走呀走，很快找到那座院子了，甘羅瞧了瞧，門口寫着「梅園」兩字，沒錯，這就是鄭國使團的住地。甘羅撓了撓頭，怎麼通過明查暗訪，打聽到這公主的為人呢？

　　甘羅沿着院子的圍牆慢慢走着，想着辦法，忽然嗅到一股花香，抬頭一看，只見牆頭上有幾枝盛開的梅花，從圍牆裏面伸了出來。

　　哇，好美的梅花啊！甘羅站在下面使勁嗅着花香，心裏想怪不得叫「梅園」，原來裏面真的有梅花樹呢！

　　甘羅嗅着花香，突然看見牆邊上有一堆疊得高高的空酒罈，不禁靈機一動。他可以站到酒罈上，看看圍牆裏的情況呀！如果剛好公主在屋外，那就可以看看她長得是否漂亮，説話是否文雅，如果幸運地能看到她跟人交流，還可以知道她對人是否禮貌，性格是否刁蠻，是否好相處。

　　嗯，想做就去做。甘羅小心翼翼地踩着酒罈站了上去。也是甘羅運氣好，那些酒罈不是空的，如果是空酒罈的話，人站上去很容易打翻。

因為早兩天下過大雨，現在罈子裏面裝滿了雨水，加上甘羅人小身體輕，所以站上去也穩穩的。甘羅稍微踮起腳，就剛好能看到裏面了，大功告成！

這座院子由一個花園和六間屋子組成，花園裏除了有一棵梅樹，還有假山、魚池等等。

花園裏有人，那是個女子，她坐在魚池邊，拿着一卷書在聚精會神地看着。

咦，這女子有點眼熟。啊，太巧了，不正是剛才那個淺紅衣少女嗎？難道她就是嫣然公主？

如果她是嫣然公主……嗯，還不錯，起碼是個熱心助人的女孩子，她見到自己吊在樹上，想也沒想就讓丫環出手相救呢！

還有，她知書識字，看，她看書多麼認真專注，一邊看還一邊小聲唸着。

甘羅正在想着，忽然一陣大風吹來，把梅花吹落了不少，花瓣飄飄灑灑落了一地，有些還落到了綠衣少女的身上。

淺紅衣少女站了起來，看着一地的花瓣，臉上

充滿了可惜。這時，有人走進了花園，邊走邊喊：
「公主，公主，下午進宮，你想穿哪件衣裳？我先給你燙一下。」

甘羅一喜，這不是那個把自己救下來的紫衣丫環嗎？她喊綠衣少女「公主」呢，這位真的是嫣然公主！

「青蘋，站住！」嫣然公主朝丫環大喊一聲。

那叫做青蘋的丫環吃了一驚，急忙停住腳步，詫異地看向嫣然公主。

嫣然公主走過去，命令青蘋：「抬起腳。」

青蘋抬起腳，只見地上的腳印裏，全是被踩爛的花瓣，嫣然公主一臉的痛惜，說：「這麼美麗的花，被你踩成這樣。」

「都是我不好！」青蘋低頭懺悔。

「算了，以後別毛毛躁躁的。」嫣然公主歎了口氣，吩咐道，「先別管衣裳的事，你去找一個盒子來。」

「是，公主。」青蘋退下，不一會兒拿了個小木盒出來，交給嫣然公主。

嫣然公主接過小木盒，然後蹲下來，用纖細的手指，小心地把梅花瓣一片一片撿起來，放進木盒裏。青蘋見了，也蹲下來幫着撿。

　　撿呀撿，費了不少時間，兩個人終於把地上的花瓣都撿到木盒裏了，滿滿的裝了一盒子。嫣然公主站起來，對青蘋說：「你去問花匠借一個花鋤來。」

　　青蘋應了一聲，又走了出去，不一會兒拿了一個小巧的鋤頭過來，嫣然公主接過，親自動手挖了一個小坑，輕輕地把木盒子放了進去，然後蓋上了泥土。

　　甘羅早看呆了。他心裏很感動，公主連落花都這麼憐惜，可想而知，她是一個多麼善良的女孩啊！

　　甘羅只顧看，早忘記自己是站在一摞酒罈上了，一下重心不穩，人往下掉去。「砰」的一聲悶響，小屁屁直接跟地面接觸，甘羅措手不及，連痛也感覺不到了，只是坐在地上發呆。

　　「誰？誰在外面？」響起那紫衣丫環的聲音，

「公主，我出去看看！」

甘羅一下子驚醒過來，不好，趕快逃啊！他顧不上揉小屁屁，爬起來一溜煙跑了。

門衞大叔只顧盯着從外面進來的人，沒提防身邊「咻」的一聲，衝出去一個小身影。啊，怎麼很像剛才想混進來的那個小孩子，他是什麼時候進了驛館的？

大叔想看清楚點，但那個小身影早已消失無蹤。

第十二章
很厲害的智囊團

　　王宮裏，嬴政坐在書案前，面前放着一卷書簡，卻沒心情看。他煩躁地說：「這鄭國公主有點過分啊，竟然要出題考我。」

　　躬着腰站在一旁的趙高聽了，討好地說：「是呀，這鄭國公主真是身在福中不知福，能嫁給我們公子，那是天大的好事呀！真是不識抬舉。」

　　嬴政瞪了他一眼，喝斥道：「不許你這樣說人家女孩子！」

　　趙高嚇了一跳，趕緊跑到嬴政面前，跪下認錯：「奴才錯了，請公子恕罪。」

　　說完，舉起手朝自己臉上打了一巴掌，頓時響起「啪」的一聲脆響。

　　嬴政見到趙高那樣子，沒好氣地揮揮手，說：「算了算了，我沒怪你。」

趙高又再叩了一個頭，感激地說：「謝公子！」

他爬起身，又滿面堆笑說：「公子聰明睿智，天下無雙，奴才堅信，嫣然公主的難題肯定難不到您。」

嬴政皺着眉頭說：「誰知道她會出什麼題目，萬一我答不上，豈不丟臉。我想要的是萬無一失！」

趙高朝嬴政走近了一步，諂笑着說：「奴才有個想法，不知公子想不想聽。」

嬴政漫不經心地揮揮手：「說。」

「嫣然公主說要給您出三道難題，但沒說不讓您找人幫忙呀！」趙高得意洋洋地說，「公子可以找幾個有學問的人，組成智囊團，以應對鄭國公主的難題。這樣，就可以萬無一失了。」

嬴政摸摸下巴，有點興奮地說：「對呀，這是個辦法。趙高，這件事就交給你了。務必在一個時辰之內，把智囊團帶到本公子面前。這事情若辦好了，重重有賞！」

趙高大喜，他朝嬴政彎腰行禮，說：「奴才遵命！」

趙高急急地走了。嬴政一手撐着下巴，眼睛看着門口處，嘴裏嘀咕着：「甘羅說替我去打探嫣然公主的情況，怎麼還不回來？」

他按捺下焦急的心情，強迫自己靜下心來看書。

不知過了多長時間，門外傳來「踢踢踏踏」的腳步聲，接着聽到了一把清脆的童聲，說：「政哥哥，我回來啦！」

嬴政心裏一喜，他抬起頭，便見到甘羅從門外興沖沖地跑了進來。由於跑得急，他小臉通紅的，雖然是冬天，臉上卻滲出了汗珠。

嬴政馬上吩咐小桂子端杯水來給甘羅喝，又招呼他坐在自己身邊，問道：「大密探，偵查到什麼了？」

甘羅「咕嚕咕嚕」喝完水，舒服地呼出一口氣，然後說：「政哥哥，我見到嫣然公主了。」

「是嗎？她漂亮嗎？」嬴政急切地問。「唔，

這不好説。」甘羅故作老氣橫秋地摸摸下巴。「怎麼不好説了，難道她……難道她很醜？」嬴政心裏直打鼓。

「哈哈哈，不是哪！」甘羅哈哈笑着，説，「公主長得很美，是我見過的最美的姐姐。」

「真的？」嬴政一聽心花怒放，誰不想有個漂亮的媳婦呀！

甘羅眉飛色舞地接着説：「我今天去了驛館，看到了嫣然公主，她不但長得美，也心地善良，還喜歡讀書……」

甘羅小嘴吱吱喳喳的，把自己怎麼爬進驛館，怎麼遇到公主，公主怎麼讓丫環救他，還有公主惜花、葬花的事，一五一十告訴了嬴政。

「不錯哦！」嬴政點點頭，心裏很滿意。他拍拍甘羅的肩膀，「好甘羅，謝謝你！」

嬴政説完臉色變了變，悶悶不樂地説：「不過，好女孩難求啊！你知道嗎？早上鄭國使團派人過來，説是公主見面時會出三道題考我，如果我全部答對，她才答應嫁來秦國。」

「啊，有意思！」甘羅是個喜歡挑戰的小孩，聽到嫣然公主要出題考政哥哥，頓時雀躍起來。

贏政無奈地瞪着甘羅。這小屁孩什麼心態，我怕萬一答不出來丟人，都愁死了，怎麼他還這麼高興。

這時，有人進來了，稟報道：「回稟公子，奴才把事情辦好了，咸陽城中最有名的五位學者我已請了回來，在外面等候接見。」

甘羅抬頭一看，來人原來是趙高。他不喜歡這個人，也不想看這人那張陰沉沉的臉，所以馬上移開了視線。

趙高也看到甘羅了，那種莫名的忌憚和怨恨又湧上了心頭。這小豆丁好礙眼，總是來搶走公子對我的信任和好感。今天好不容易有機會可以在公子面前好好表現，但這小豆丁一出現，說不定又要搶走自己的風頭了。真可恨啊！趙高恨不得自己會施法術，唸個口訣馬上把甘羅變走。

贏政聽了趙高的稟報，馬上說：「辛苦了。讓他們進來吧！」

「是！」趙高低眉垂眼，一副恭順樣子。

趙高出去喚人了，嬴政告訴甘羅：「趙高不錯。剛才還給我出了個點子，組成一個學者智囊團，幫助我解答公主的難題。你和趙高，真是我的左膀右臂啊！」

「哦。」甘羅點點頭。

雖然甘羅不喜歡趙高，但也不會在政哥哥面前說他壞話，如果他能幫到政哥哥，也是好事。

這時，趙高引着五個人進來了，那五個人一齊朝嬴政鞠躬行禮，嬴政也站了起來，向對方還禮表示尊重。

在春秋戰國時期，即使君主和臣子見面，大多數都是互相行禮的，而不是臣子單方面的行禮，這樣可以體現君王尊重人才的良好品德，同時也是正常禮儀的需要，説明雙方都是有教養的人！

嬴政是個王子，跟學者互相行禮是很正常的。

甘羅是在那五個人剛進來時就站起來了，他是個懂禮貌的孩子，對方不但是著名學者，也是比他年長很多的長輩啊！

趙高把那些人向嬴政介紹了一遍，每一個都大名鼎鼎，對甘羅來說簡直如雷貫耳。嬴政大喜，這回自己贏定了，難道這麼多著名學者，會答不出一個小公主提的問題嗎？

甘羅也替嬴政高興，這回嫣然公主一定難不倒政哥哥了。

嬴政開心地對五名學者說：「感謝各位相助，本公子這回贏定了。」

他又對趙高說：「做得好，稍後本公子重重有賞。」

「謝謝公子！」趙高笑得見牙不見眼。

第十三章
嫣然公主難倒政哥哥

下午，有外交官員來請嬴政去蘭亭殿，説是鄭國使團已經到了，請公子過去。於是，嬴政帶着智囊團，信心十足地出發了。

甘羅當然會陪伴在政哥哥身邊了，他要見證政哥哥生命中的一個重要時刻。政哥哥要娶小媳婦兒了，甘羅一想起這事就直樂，嘻嘻！

一行人去到蘭亭殿，有侍衛見到公子過來，馬上大聲通報：

「公子駕到！」

秦國負責接待的外交大臣，以及率領使團到來的鄭國外交大臣，一起走出殿外，拜見嬴政。嬴政回禮後，和客人一起走進殿內。

甘羅在出迎的人中沒發現嫣然公主，估計她是在殿內等候。但沒想到，進了大殿，殿裏除了秦、

鄭兩國的一些外交人員外，並沒有公主的蹤影。甘羅不由得有點奇怪。

但甘羅很快發現，大殿靠邊的地方架了一扇大大的屏風，阻隔了其他人的視線。甘羅一下子明白了，嫣然公主一定是在屏風背後。

兩國人分賓主坐下，互相問候一番之後，鄭國大使朝屏風方向一拱手，說道：「公主殿下，公子政來了。您有什麼話要對公子政說？」

屏風內響起一把清脆悅耳的聲音，說：「公子政好，本公主有三個問題，想向你討教。」

甘羅一聽微微點頭，沒錯，這就是在驛館裏聽到過的那把聲音。聲音好好聽哦！

「公主請說。」嬴政拱拱手，然後滿懷信心地說，「別說是三個問題，十個問題本公子也不怕！」

「好啊，那我問了。」那好聽的聲音說，「一隻老牛加兩隻小牛，猜三個字。」公主說。

「一隻老牛加兩隻小牛，猜三個字。你們快想想，是哪三個字？」嬴政趕緊扭轉身子，向坐在後

面的智囊團説。

「一隻老牛加兩隻小牛，如果是猜一個字的話，就是個犇字，但猜三個字嘛……」最年長的學者一臉困惑。

「這不是廢話嗎？如果是猜一個字，我也猜得到。」嬴政看着那五個只顧撓頭的學者，不耐煩地説，「你們都是學富五車的智者呀，怎麼會猜不到？」

「公子稍安勿躁，我們再想想，再想想。」智囊團眾人安慰嬴政。

「一隻老牛加兩隻小牛，猜三個字，是什麼字呢？莫非是犇、犇、犇？」

「怎麼會？」嬴政聽了想罵人。出題的人又不是傻瓜，那不如讓猜一個字好了，何必要猜三個字。

五位大學者頭碰着頭，你一句，我一句，小聲討論着，半天沒有答案。

大殿裏的人，不管是秦國的，還是鄭國的，也都暗自開動腦筋，看自己的智商有多高，萬一比大

學者早些猜出來，那就大有面子了。

但是，時間在過去，所有人卻都一點頭緒也沒有。

屏風後面傳出笑聲，好聽的聲音帶着揶揄：「怎麼，猜不出？公子要我說答案嗎？」

嬴政當然不肯承認答不出來，趕緊說：「稍等，很快有答案了。」

他又趕緊回過頭，瞪着智囊團，說：「怎麼還想不出來？」

五名大學者抓耳搔腮的，不知怎麼回答。

嬴政很生氣，難道第一道就卡住了嗎？他突然想起了甘羅。這小傢伙怎麼不吭聲呢？

扭頭一看，小傢伙拿着一個九連環，正專心地解着。原來剛才來的路上，小桂子塞給他一個加強版的九連環，說是他和一班內侍弄了一個月也沒破解，叫甘羅試試，甘羅接過就埋頭埋腦玩起來了。對於他來說，越難的事他就越感興趣，所以把公主出題的事全拋開了。

「甘羅！」嬴政喊了一聲，甘羅沒聽到，便又

喊了第二聲，「甘羅！」

「別嘈，我忙着呢！」甘羅這回聽見了，但他頭也不抬，一雙眼睛好像黏到九連環上面了。

「甘羅！」嬴政加大了聲量。

「啊，政哥哥，你喊我？什麼事？」甘羅抬起頭，問道。

「什麼事？哼，只顧玩，連政哥哥的要緊事也忘了！」嬴政生氣地敲了他腦瓜一下。

「噢！」甘羅摸着腦袋，眨眨眼睛，「哦，政哥哥的要緊事？我沒忘呀。不是有智囊團在嗎？他們比我強好多呀，哪用我幫忙。」

智囊團的學者聽了甘羅的話，都非常尷尬。沒錯，他們全都是大學問家，對《論語》、《尚書》、《詩經》等等研究多年，熟悉每一字每一句，甚至讓他們倒背一次也可以。但沒想到這鄭國小公主不按常規出題，「一隻老牛加兩隻小牛，猜三個字」，這算是哪一方面的學問呀！

嬴政又敲了甘羅腦瓜一下，說：「這題目太淺了，找大學者答是大材小用。你來答吧！」

「好吧！」甘羅戀戀不捨地把手中的九連環放下，問道，「考題是什麼？」

贏政趕緊把公主的問題告訴他：「一隻老牛加兩隻小牛，猜三個字。」

殿內所有人都看着小不點甘羅，心想五個大學者都答不出來的問題，這小孩子能答嗎？能答才怪！

但接下來發生的事驚呆了所有人，只見甘羅想也沒想就說：「一隻老牛加兩隻小牛，猜三個字？嘻嘻，這太容易了吧，怪不得學者伯伯不屑來答了。」

「哪三個字，快說！」贏政沒想到甘羅一下就想到了，大喜。

甘羅沒好氣地說：「一隻老牛加兩隻小牛，猜三個字，答案不就是『三隻牛』嗎？」

大殿裏靜悄悄的，大家全都愣住了。而智囊團那五名大學問家，一個個捶胸頓足的，唉，原來答案這麼簡單，但為什麼自己就沒想到呢？

而甘羅說完答案後，也沒理會人們的反應，他

又埋下頭，專心致志擺弄起手裏的九連環來。

「公主，一隻老牛加兩隻小牛，猜三個字，答案是『三隻牛』。」嬴政意氣風發，得意洋洋地說。

「答對了。公子身邊能人很多啊！」屏風後面傳出清脆的聲音。

「當然。哈哈哈哈……」嬴政仰頭大笑。

在場的人也都笑了起來。大家都把驚喜、佩服的目光，投在那個正頭埋腦玩着九連環的甘羅。這孩子真聰明。

「好吧，那我出第二道題了。」這時嫣然公主說話了。

「好，請出題。」嬴政朝公主拱拱手。

嬴政說完，又提醒智囊團：

「你們聽好了，希望這次能很快想出來。」

「是。」五位大學者摩拳擦掌的，誓要一雪前恥。

大家都屏息靜氣地聽着公主說話，不知這次出的題難不難。

屏風後面的公主開口了，説道：「剛出生的小孩只有一隻左眼睛，為什麼所有人都覺得很正常？」

　　大殿裏頓時響起議論聲。現在答題已不光是嬴政和智囊團的事了，所有人都加入了討論。當然，不包括甘羅在內，這小傢伙已經自動屏蔽了其他聲音，忘我地解着手裏的九連環。

　　「剛出生的小孩只有一隻左眼睛，但所有人都覺得很正常？這有點奇怪哦！」

　　「是呀！是人就有兩隻眼睛，只有一隻左眼的，那很不正常啊！」

　　「為什麼公主總出這樣古怪的問題啊！」

　　「我放棄答題了，這根本無法回答。」

　　「這公主是在為難我們啊！」

　　人們議論紛紛。

第十四章
被蝴蝶認出的公主

再說大殿裏的每個人都在動腦筋，但每個人都沒想通。而嬴政也在拚命地想啊想，不過也是毫無頭緒。他看看智囊那五個人，一個個皺眉抓耳，一點辦法也沒有，只能又找甘羅了。

「甘羅，等會兒再玩好嗎？」嬴政拍拍甘羅肩膀。

「等等等等，我差一點點要解開了。你離我遠點。」甘羅不滿地說。

「甘羅，哇，這個問題太有趣了，你要不要聽聽？」嬴政故意引起甘羅興趣。

果然！甘羅馬上問：「很有趣的問題？什麼問題？」

「剛出生的小孩只有一隻左眼睛，但所有人都覺得很正常？這是為什麼？」嬴政說。

甘羅看了嬴政一眼：「我也覺得很正常啊！」

嬴政睜大眼睛看着他，一臉疑惑，問：「為什麼呀？」

甘羅歎了口氣，說：「只有一隻左眼，當然很正常，難道他有兩隻左眼才算正常嗎？」

「啊！」嬴政愣了愣，然後大笑起來，「妙，妙，妙，甘羅你真是太厲害了！」

大殿裏的人之前沒留意嬴政跟甘羅的對話，現在聽見嬴政笑，便向他看過來，屏風後傳出嫣然公主的聲音：「公子是想到了答案嗎？」

「當然！」嬴政說，「每個人都是只有一隻左眼，一隻右眼，那個小孩出生時只有一隻左眼，是很正常的事。如果他出生時有兩隻左眼，那才是不正常。」

大殿裏的人都「哄」的一聲炸了，大家全都恍然大悟，大家都在品味着公主的問題，以及嬴政的回答，都覺得興味盎然。

智囊團的幾個大學者，都在捶胸頓足，萬分懊惱。唉，原來答案這麼簡單，自己怎麼就沒想到

呢！哎呀，真是笨死了！

屏風後面的嫣然公主安靜了一會兒，然後說：
「公子答對了。下面是本公主出的第三道題。等會兒會有十個女孩從屏風後面出來，如果你能從這十個女孩裏面把我認出來，就算答對了。」

嬴政一聽大喜，這簡直是送分題啊！哈哈，你以為我們都沒見過你，沒想到吧，我們小甘羅已經混進驛館，見過你的真面目了。

「噢，解開了！」這時甘羅已經把九連環解開，高興地拍着小手。

「解開了，甘羅真棒！」嬴政也跟着拍手，他很高興。當然，他不是因為甘羅解開九連環而高興，而是因為甘羅終於可以一心一意替他解決難題了。

當下嬴政拍着甘羅的肩膀，說：「甘羅，你見過嫣然公主，一定還認得她的樣子吧！等會兒，你幫我從十個女孩子中，把她找出來。」

「好，沒問題。」這對甘羅一點難度都沒有啊！

這時，屏風內「啪啪啪」響了三下擊掌聲，接着有人從裏面出來了，一個，兩個，三個，四個……

一連走出了十名身材苗條的女孩子，一個個穿得漂漂亮亮的，步態輕盈地來到了嬴政面前。

除了鄭國外交大臣事先知道這道題的難度，有了心理準備之外，殿裏的所有人全都愣住了。天哪，公主這不是故意刁難嗎？簡直沒法答啊！

為什麼？原來，十名少女臉上都蒙上了一塊黑紗，把她們整張臉都遮得嚴嚴密密的，根本無法看到真面目。

秦、鄭兩國官員分成兩堆，小聲議論起來。

秦國官員説：「這道題太不合理了吧，不讓人看到臉，怎麼判斷這裏面誰是公主。」

「是呀！鄭國公主本來就沒來過秦國，誰也不知道她長什麼樣子，也不知道高矮肥瘦，本來就難猜。現在還遮了整張臉，簡直是把所有能認出她的可能都堵死了啊！」

「鄭國公主這是打我們秦國的臉啊！如果最後公子政答不出這道題，那怎麼辦？」

鄭國官員說：「公主這道題也太難了吧，我看公子政肯定答不上來。」

「聽說我們公主不捨得遠離父母，所以不願意嫁給公子政。只是父命難違，她才勉強來到秦國。」

「原來是這樣！怪不得公主要出難題刁難公子政。」

這時，鄭國外交大臣站了起來，走到嬴政身邊，對他行了個禮，很不好意思地小聲說道：「公子，實在對不起。其實我們國王，還有我們大臣，都很想促成兩國聯姻的，只是公主太任性，一定要這樣做。不過，公子您這麼聰明睿智，一定不會被公主難倒的，所以我們國王也不擔心。而事實也擺在面前，之前兩道難題，不是已經答對了嗎？我相信，這最後一道題，公子也能給出正確答案的。公子，加油啊！」

真不愧為外交大臣啊，太會說話了，讚得人輕飄飄的，都快升上天了。當下嬴政心裏一熱，當即一拍胸口，向鄭國外交大臣說：「放心好了，這道題，本公子一定能交出完美答案！」

鄭國外交大臣朝嬴政作了個揖，說：「我就知

道，公子一定行！」

鄭國大臣回到自己座位上去了。嬴政一把拉過旁邊的甘羅，說：「甘羅，那幫智囊團我指望不上了，你一定要幫我。」

甘羅眨眨眼睛，說：「好吧，我跟你一塊去看看。」

兩人走到十個女孩子面前，從第一個看起。看不到臉，就看身材吧！甘羅走到第一個女孩面前，只見她腿長、腰細，身材很好。

甘羅閉上眼睛，努力回憶了一下之前見過的嫣然公主，咦，公主就是這種身材的，難道這排第一的，就是她？甘羅眼睛一亮，剛要指認，但想想又冷靜下來，還是先沉住氣，看看再說。

甘羅走到第二個女孩子面前。咦，怎麼也是腿長細腰的小姐姐？這個也像公主呢！甘羅犯難了，究竟第一個是公主，還是第二個是公主？

甘羅挨個看下去，第三個，第四個，第五個……

唉呀好難啊，怎麼一個個都是長腿姐姐，怎麼

認出哪個才是公主呀！要是能看見臉就好了。

於是甘羅又跑回去，站在第一個女孩子面前，定睛看着，希望能透過那遮臉的黑紗，看出點什麼來。甘羅看了好久，幸好他只是個小孩，而且是個可愛的小孩，要不，這樣目不轉睛地盯着女孩子看，人家非得喊「非禮」不可。

可惜看了半天，連眼、耳、口、鼻也看不清。接着看第二，第三個，結果還是一樣。甘羅想，要是吹來一陣大風就好了，把那蒙面的黑紗掀起，就可以看見她們的面孔了。

怎麼辦？甘羅站在十個女孩子面前，撓着腦袋，想不出辦法。沒想到那溫柔的嫣然公主，會想出這麼刁鑽古怪的方法來為難政哥哥。

可憐的政哥哥，娶不到小媳婦兒了。

好煩好煩好煩！

忽然，他隱隱約約聞到一股香氣。好熟悉的香氣，這不是上午去鄭國使團住的梅園時，聞到過的梅花香嗎？

嫣然公主曾經坐在梅樹下，落了一身梅花，後

來，她又用手撿過落在地上的花瓣，這香氣一定是她身上發出來的！

甘羅高興得直想跳起來，嫣然公主，這回，我一定能把你找出來！

甘羅又開始圍着十個女孩子打轉。鼻子總是聞到那股若有若無的梅花香，但是，很難確定是從哪個小姐姐身上發出的。唉，早知道把狗狗大豬帶來，牠用狗鼻子一嗅，肯定能找到花香的來源。

除了狗狗，還有什麼可以幫助自己呢？甘羅眼睛骨碌碌地轉，有了！甘羅對嬴政小聲說了一句：

「政哥哥，我去去就來。」

嬴政把一切希望都放在甘羅身上了，見他要離開，嚇得一把拉住不放：「甘羅別走。」

甘羅瞧嬴政眨眨眼睛，小聲說：「我想到解決方法了，很快回來，放心好了。」嬴政這才放開甘羅。

甘羅很快回來了，他兩隻小手上下合着，好像保護着裏面的什麼東西。走到那些女孩跟前時，他把手打開，裏面飛出一隻色彩絢麗的蝴蝶。

大殿裏的人見了直搖頭。人家公子政一籌莫展的時候，這小孩子卻只顧跑去抓蝴蝶玩，實在太淘氣了。

　　甘羅也不管人們怎麼看，笑嘻嘻地走到嬴政面前，小聲說：「政哥哥，等會兒蝴蝶落到誰身上，誰就是嫣然公主。」

　　嬴政又驚又喜。他相信甘羅做事很聰明很有分寸，他的話肯定不是亂說的。但是，一隻蝴蝶怎麼可以認出公主來呢？難道是甘羅在蝴蝶身上施了法術？

　　嬴政毫不猶豫地選擇相信甘羅，他緊緊盯着那隻蝴蝶，只見牠在那排女孩面前飛呀飛的，突然就落在第六個女孩的頭髮上，不動了。

　　嬴政頓時呆了，啊，蝴蝶還真的替自己找到公主了。

　　甘羅見他發呆，便推了他一下，示意他快說答案。

　　嬴政這才清醒過來，他激動地大聲宣布：「答案有了。頭上有蝴蝶的就是嫣然公主！」

剛才蝴蝶落在排第六的女孩頭上時，殿裏的人就覺得有點怪異，蝴蝶只會落在花卉上，為什麼現在卻落在女孩子頭上不肯走。這時聽到公子政說，那位頭上有蝴蝶的就是嫣然公主時，全都一臉不可思議。公子政，你究竟是沒辦法之下亂猜的，還是其中有什麼不為人知的秘密？

這時，鄭國外交大臣站了起來，其實他也不知道哪一個是嫣然公主，這時聽到公子政說頭上落着蝴蝶的就是公主，他心中也覺得有點不可思議。但既然人家這樣說了，就只能揭謎底了。他大聲說：「請嫣然公主出列！」

所有人都看向了那一排女孩子，整個大殿鴉雀無聲。過了足足十幾秒，才見到排在第六的女孩往前走了一步，慢慢揭下臉上面紗，大殿裏馬上響起一片驚叫聲：

「天哪，第六個真是我們公主！」

「公子政是怎麼猜到的呢？公主是我從小看到大的，但我也沒能認出來。公子政究竟是怎麼認出來的呢！」

「是天賜良緣！一定是。否則為什麼那隻蝴蝶就偏偏落在嫣然公主頭上呢！分明是嫣然公主跟咱們公子有緣啊！」

「對，真是天賜良緣啊！」

「公主美麗無雙，公子政聰明英俊，他們簡直太般配了！」

這時，嫣然公主也是一臉震驚，她也沒有想到，公子政真的把她認出來了。沒理由啊，是哪裏露了破綻呢？

從嫣然公主揭下頭巾後，嬴政就不眨眼地看着她發呆，甘羅說的沒錯，自己未來的小媳婦兒果然很美。

這時旁邊有隻小手拉拉他，說：「政哥哥，別再發傻了，快去跟嫣然公主見禮吧！」

「好。」嬴政這才清醒過來，他牽着甘羅的小手，兩人一起走到嫣然公主面前。

嬴政向公主問好，又跟她介紹了好朋友甘羅。嫣然公主之前只是遠遠見了甘羅一面，而且甘羅當時因為怕丟臉把臉捂住了，所以嫣然公主並不知道

他就是自己救下的小孩，她也根本沒想到，自己身分被識破跟這小孩有關係。

嫣然公主向嬴政深深下拜，然後問嬴政：「請問公子，你是憑什麼指認我的？你沒見過我，而且我又用黑紗遮了臉，按道理你是沒有可能認出來的啊！」

嬴政笑而不答，心想，那是因為我有個聰明絕頂的伴讀啊！

甘羅在一邊笑嘻嘻的，是他叫政哥哥不要透露認出公主的祕密的，他不想讓公主知道，他就是那個掛在樹上下不來的小孩，就讓這件事成為永遠的祕密吧！

他只是在心裏暗暗替兩位哥哥姐姐祝禱，願他們永遠幸福。

因為嬴政和嫣然公主都還小，所以秦、鄭兩國只是雙方交換了婚書，等過幾年兩人長大了，再舉辦婚禮。

嫣然公主在秦國又待了幾天，期間嬴政和甘羅陪着她在咸陽四處遊覽，嫣然公主和嬴政由陌生到

熟悉，彼此有了感情；而甘羅也跟嫣然公主成了朋友，嫣然公主太喜歡這個聰明可愛的小傢伙了。

　　幾天後，嫣然公主回國了。臨行時，和嬴政、甘羅相約幾年後再見。幾年後，嬴政可以娶小媳婦兒了。

第十五章
沒人要的九素

今天是休沐日，甘羅不用陪嬴政讀書，所以睡了個大懶覺，太陽升得高高的才起牀。

走到院子，見到狗狗大豬正跟九素公主的那隻小豬玩得很開心。也許是名字裏也有一個「豬」字吧，兩個傢伙一見如故，成了好朋友。

不過，他們分別的時候要到了，因為甘羅打算今天把小豬送還給九素公主。

之前把小豬帶走，只是為了警告一下她，讓她別一而再的沒事找事跟自己作對。甘羅是一個善良的孩子，知道小豬是九素公主的寵物，君子不奪人之所愛嘛，還是要還給人家的。

吃過早飯，甘羅帶着小豬出門。甘羅沒告訴狗狗是要把小豬帶去還人，他擔心狗狗撒賴打滾不讓好朋友離開，狗狗只是以為甘羅帶小豬出去玩，所

以死皮賴臉要跟着。

甘羅苦口婆心地勸了好一會，説了一大堆狗狗的重要性，包括照顧姨母呀，防止賊人進屋偷東西呀，阻止隔壁的大鵝阿花進咱家院子拉臭臭呀，反正就是很重要很重要。

甘羅的話，極大的激起了狗狗大豬的自豪感和責任心，牠決定留下來守護這個家。

甘羅於是帶着小豬，向王宮走去。

今天沒有小桂子來接，不過也難不倒甘羅，他有兩條腿，自己可以走嘛。走路也是一種鍛煉，是可以強身健體的哦！甘羅就這樣走着走着，在明媚的風光中，自得其樂。

但小豬就不行了，很快地就走不動了，朝着甘羅「哼哼哼」扭着小屁股撒嬌賣萌求抱抱。甘羅二話不説就抱了牠一段路，讓牠四條小短腿好好歇歇。不過，歇夠了就把牠放下，仍然要牠自己走。

就這樣走了快半個時辰，才到了王宮。守門的衛士認識甘羅，知道他是公子政的小伴讀，所以也沒多問就讓他進去了。

甘羅去到九素公主住的小院，卻撲了個空。侍候九素公主的小宮女說，公主一個人往南湖那邊去了。這位公主性格有點與眾不同，出去時大多不讓別人跟着，她嫌煩。

甘羅對小宮女說了謝謝，轉身往南湖走去，即是那次九素公主扔石頭，弄濕甘羅衣服的那個湖。

接近南湖時，甘羅忽然聽見有「嚶嚶嚶」的聲音傳來，咦，是女孩子的哭聲。是誰受了委屈，一大早跑到湖邊哭呢！

甘羅朝着聲音發出的地方走去，走近時，見到有個人坐在湖邊草地上，面向湖水，哭得肩膀一抽一抽的，還不住低頭擦眼淚。

甘羅覺得這背影有點眼熟，咦，這不是那個刁蠻任性的九素公主嗎？究竟是什麼事，能令這傢伙哭得這樣傷心。

看到九素公主哭成這樣，甘羅雖然不喜歡她，但心裏還是有點不忍。一個女孩子，離開父母，一個人待在外國，身分還是讓人看不起的質子，也挺可憐的。

想到這裏，甘羅把抱着的小豬放到地上，揮揮手，讓牠去哄主人。

小豬回頭看了看甘羅，好像有點依依不捨，但牠還是「蹬蹬蹬」向主人跑去了。除了前幾天莫名其妙地往自己脖子上掛小牌子，小女主人對自己還是不錯的。

小豬走到九素公主身邊去蹭她的腳，公主一看，「啊」了一聲，伸手把小豬抱了起來，一邊抽泣一邊說：「真好，真好，豬豬你回來了！豬豬呀，全世界都拋棄我，只有你對我不離不棄了。」

這幾天九素公主心情很糟糕。政哥哥訂婚了，但未婚妻不是她，這讓她情緒低落到了極點，她是真的喜歡政哥哥，她也真的很想為宋國做點事，希望通過聯姻，借助秦國力量來保住父王的江山。

九素公主摸着豬豬的腦袋，邊哭邊說：「政哥哥為什麼不喜歡我呢？他竟然跟鄭國公主訂婚了。嗚嗚，好難過。」

九素公主眼淚大顆大顆地掉下來，打濕了小豬的腦袋。

甘羅恍然大悟，原來公主是因為這件事傷心。

九素公主突然騰地站了起來，自言自語地說：「我要去找政哥哥問個明白，為什麼要鄭國公主不要我。我這麼漂亮、聰明，這麼可愛！我不服！」

甘羅撇撇嘴，心想：只有漂亮是說對了。聰明？可愛？有一丁點嗎？沒有。

真聰明的話就不要去問政哥哥，免得丟臉。連我小孩兒都知道，感情這東西是不可以勉強的，政哥哥不喜歡就是不喜歡，這是沒有道理可講的。

這時九素公主一轉身，發現了甘羅，吃了一驚。原先楚楚可憐的樣子立即變了，變得咄咄迫人，變得驕橫任性：「小豆丁，你鬼鬼祟祟、不聲不響躲在我後面，想幹什麼？」

甘羅心裏的同情一下沒了，枉費自己還特地把小豬送來還她呢！為什麼不聲不響？不就為了照顧你的自尊心，不讓你知道我看到你傷心痛哭，使你尷尬嗎？

「哼，我光明正大的站着，何來鬼鬼祟祟？」甘羅不屑地說。

「就是鬼鬼祟祟！就是鬼鬼祟祟！」九素公主使勁踩着腳，「你是來看我笑話的，不是嗎？你不想我好，所以你幫政哥哥答了鄭國公主的三道題，讓他跟鄭國公主訂了婚。你是故意破壞我跟政哥哥的婚事的，你別想抵賴！你這個討厭的小豆丁！」

甘羅瞠目結舌地看着九素公主，這蠢丫頭，你吃錯藥了嗎？竟然信口雌黃、胡說八道！

連小豬豬也聽不下去了，牠悄悄地朝甘羅拱拱爪子，替小主人向甘羅道歉。

「真是個蠢丫頭！連隻小豬都比你懂事。」甘羅扔下一句話，轉身走了。

九素公主氣得直跳腳：「你説什麼？你敢再説一遍！」

甘羅一邊走一邊説：「我説你是個又蠢又醜又不可愛的笨丫頭。」

「你你你，你給我站住！哇……」九素公主的眼淚噴湧而出。

小豬用爪子捂着腦袋，哪位好心人，快給我一把傘吧！

第十六章
神箭手甘羅

最近嬴政的父親秦莊襄王身體不怎麼好，大病小病一直不斷。秦莊襄王思前想後，就加緊了對嬴政的教育培養，萬一自己有什麼事，兒子也能馬上繼位，治理秦國。

因此嬴政的專屬課程增多了，幾乎每天上午都有朝廷重臣前來授課。所以，甘羅基本上只是下午進宮伴讀。

這對自學能力很強的甘羅來說並沒有影響，他自己在家讀書，遇到不懂的地方就記下來，下午再向先生請教。

這些日子，甘羅每天上午或者在家裏苦讀，或者挎個小籃子、帶着一卷書到山上去，找個風景美麗的地方坐下來，看一會兒書，又欣賞一會兒風景，最後摘些野菜或者蘑菇，帶回家給姨母做菜。

這樣的日子讓甘羅很開心，看，今天上山時還有意外收穫，竟然抓到了一隻小兔子！

噢，準確地說，也不算抓啦！話說甘羅正坐在一棵大樹下看書，突然，小兔子不知道從哪裏跑出來，一邊跑還一邊好奇地東張西望，一不小心，撞在甘羅身後的樹幹上，「啪啦」一聲，倒下了。

甘羅嚇了一跳，趕緊把小兔子抱起來。小兔子一動不動的，甘羅直擔心，不是撞死了吧？後來仔細看看，小兔子的小肚子還隨着呼吸在一動一動的呢，還好，只是昏過去了。唉，真是一隻莽撞的小兔子。

小兔子很快醒來了，紅寶石似的眼睛盯着甘羅看了一會兒，之後就使勁地往甘羅懷裏拱呀拱的，似乎很喜歡這個小朋友。而甘羅也很喜歡這隻白白的、乖乖的小動物，決定把牠帶回家。

小竹籃的大小，正好放得下小兔子，於是，甘羅摘了一些嫩嫩的青草放在籃子裏，再把小兔子放了進去。青草一來可以讓小兔子吃，也可以用來墊着籃子讓小兔子趴得舒服些。咱們的甘羅就是這樣

一個貼心的小郎，對一隻小兔子也能想得這麼周到。

甘羅提着小兔子，回家去了。

遠遠見到一個穿紅色衣服的身影，一看竟然是小魔女九素公主。真是「冤家路窄」啊！

自從嬴政訂婚之後，九素公主不像以前那樣，一有空就往他身邊湊了。每天百無聊賴的，所以時不時跑出宮來，上山瘋跑，沒想到今天會碰到甘羅。

「喂，小豆丁，幹嘛來這裏？」九素公主瞪着甘羅。

甘羅撇撇嘴，不屑地說：「要你管？這座山又不是你的！」

「小白兔？！」九素公主眼睛一亮，就往小白兔跟前湊，逗牠，「小白兔小白兔！」

沒想到，小白兔一轉身，把小屁股對着她，一點也不想理睬。你對我小恩公不禮貌，我就不理睬你。

「你這不知好歹的臭兔子。哼！」九素公主感

到很沒臉，「哼」了一聲，走了。

甘羅得意地摸摸小兔子的腦袋，稱讚道：「做得好，不愧是我甘羅的兔兔。」

回到家時，甘羅把小兔子介紹給了狗狗大豬，一豬一兔經過了短時間的試探和磨合（彼此語言不同，也不知牠們是怎樣溝通的），很快成了好朋友。小兔子的出現，也讓狗狗從小豬離開的憂傷中走了出來。

甘羅和狗狗兔兔玩了一會兒，就聽到有人敲門，甘羅知道，是小桂子來接他了。

「姨母，我去上學了。」甘羅跑進姨母房間，跟姨母說。

姨母眯着眼睛，正慢慢地一針一針給甘羅做衣服，聽到甘羅聲音，她抬起頭，臉上露出慈愛笑容，說：「去吧，進了王宮別淘氣，別給公子添麻煩。」

「我很乖的，姨母放心。」甘羅笑着朝姨母揮揮手，然後拿着小書箱出門了。

下午在王宮跟嬴政一起聽了一個時辰的課，就

下學了。因為老師發現嬴政精神不大好，有點萎靡不振的，於是就很體貼地提早放學，讓公子好好休息一下。

甘羅也發現政哥哥有點不對頭，便關心地問他是不是病了。嬴政搖搖頭，拉着甘羅的手把他帶到花園裏，兩人一塊兒坐在石凳上。

嬴政低着頭，突然說：「甘羅，我很害怕。」

「啊？」甘羅嚇了一跳。

在他心裏，政哥哥是個很勇敢的人，無所畏懼的人。可是，他今天竟然說自己害怕。

嬴政抬頭望着天空過的白雲，繼續說：「父王這幾天病又嚴重了些，我怕他離我而去。我不敢想像，沒有父王的日子，我怎麼辦。」

嬴政說完，眼裏已是盈滿淚水。

甘羅心裏一痛，眼淚也撲簌簌掉了下來。他也沒有父親，父親在他還沒出生就去世了。他也沒有母親，母親生下他不久，也離開了。

兩個孩子就這樣坐在樹下哭着，哭得本來住在樹上的小鳥也不忍聽了，撲楞楞地飛走了。

哭呀哭呀，還是甘羅首先止住了淚，他拿出小手帕給政哥哥，說：「政哥哥不哭，不哭。」

　　「嗯。」嬴政接過小手帕擦乾了淚水，說，「昨晚，父王拉着我的手，囑咐我，萬一他不在了，讓我好好治理秦國，讓秦國江山萬年長。可是，我實在沒有信心，我不知道自己能不能當好這個國王，我怕自己辜負了父王的信任。」

　　「我相信政哥哥，我政哥哥最厲害了，一定能成為前無古人後無來者的大王！」甘羅說着，拍拍胸膛，「何況，政哥哥還有我呢！我長大要當你的宰相，輔助你管好國家。」

　　嬴政看着甘羅，眼裏露出光芒：

　　「甘羅，那你要說話算數，不可以食言啊！」

　　甘羅點點頭，堅決地說：「不會食言。食言的是小狗。」

　　「謝謝你，甘羅。」嬴政感動地說。

　　甘羅見到嬴政情緒還是有點低落，便說：「政哥哥，你不是說要教我射箭嗎，不如你今天教我好不好？」

嬴政點點頭，說：「好，沒問題。」

　　於是嬴政吩咐內侍小桂子去取弓箭，自己就帶着甘羅去到演武場上。

　　演武場是宮中侍衛練武用的，靠東的邊上，就有一個射箭場地，場地上擺放了一排箭靶，隨時都可以練習射箭。

　　嬴政和甘羅選了兩個鄰近的箭靶，這時小桂子拿了把弓箭來了。嬴政那把是正常大的弓，而甘羅那把是特製的，小號的弓箭，適合他這樣的小孩子使用。

　　甘羅拉着小弓擺了幾個姿勢，自我感覺還挺帥氣的，心想以後讓嬴政哥哥找個畫師來，畫幅《甘羅射箭圖》，一定很棒。

　　這時嬴政拍了他一下，打斷了他的遐想，嬴政開始耐心地給他傳授射箭入門，說：「首先要練好站姿，記得兩個字，穩、直。兩腳站立時與肩同寬，身體的重量均勻的落在雙腳上……」

　　練好站姿，嬴政又教甘羅說：「用左手推弓，右手三指扣弦拉開。閉上左眼，瞄準，拉弦拉到鼻

尖，挨着嘴唇，食指上側挨着下巴，感覺到了就放箭。」

甘羅覺得太容易了，他說：「政哥哥，我明白了，我就射個滿環給你看。」

於是，拉弓，搭箭，扣弦，開弓，瞄準，放箭⋯⋯

「嗖！」一枝箭飛了出去，直奔箭靶。

中了，竟然中了靶心！

哇，甘羅太厲害了，第一次射箭就中了靶心！難道甘羅讀書是神童，連射箭也是神箭手？

咦，有點不對。甘羅是射中了靶心，不過不是自己的靶子，而是嬴政的靶子。

原來甘羅那一箭射偏了一點，哦，已經不是一點，是很多點了，他的箭靶跟嬴政的箭靶距離有三米呢。

哎呀，好丟人。甘羅捂臉，說：「政哥哥，我要回家。

第十七章
吊在半空的破布娃娃

今天，甘羅又提着小籃子，悠然自在地上山了。

本來他想帶着小兔子上山的，但見到狗狗可憐巴巴的樣子，又不忍心把牠一隻狗留下，就把小兔子留在家裏陪牠了。

山路蜿蜒而上，山路的左面是樹林，右面是懸崖。

甘羅一邊往山上走，一邊搖頭晃腦地背着書，只要再走一段路，就有一塊穩穩地立在懸崖邊的、又大又平整的岩石。這是甘羅前幾天發現的好地方，坐在上面，可以讀書，看風景。

在甘羅覺得有一點點累的時候，大岩石到了，甘羅鼓起兩腮，吹了吹大石上的灰塵，然後就手腳並用爬了上去，舒舒服服地盤腿坐下。空氣清新，

視野開闊，真是愜意極了。

於是，甘羅就像往常那樣，讀一會兒書，又看一會兒風景，或者躺下來，看看遼闊的天空，看看天上一會兒變成小兔子、一會兒變成狗狗的白雲，想着家裏的小兔子和狗狗現在在幹什麼。

不過，坐着坐着天氣漸漸變壞了，天邊吹過來很多灰色的雲，周圍環境也給人一種陰沉沉的感覺。甘羅看看天色，決定早點回家了，他生怕會下雨。

正當他把提着小竹籃站起來，想從大石上跳下來時，突然感覺腳下一晃，他不由自主地一屁股跌坐大石上。怎麼回事？甘羅大吃一驚，好像感覺石頭在晃動，還沒等他反應過來，一陣山搖地晃，他身體一歪，一陣頭暈目眩，整個人往懸崖下跌去。在呼呼的風聲中，甘羅昏亂的腦子裏冒出一個念頭——我會飛了，我好厲害。

在失去意識之前，甘羅感覺自己的衣服被什麼東西狠狠地扯了一下，然後就什麼都不知道了。

到開始清醒時，他有一種頗熟悉的懸空的感

覺，很像偷偷潛入驛館時，被掛在樹上晃悠悠上不着天、下不着地的樣子。是做夢嗎？難道自己夢見那天的情景了？不過，這夢境也太真實了吧？

他努力睜開眼睛，看看周圍情況。不對，如果是夢到那時情況的話，也應該是掛在驛館圍牆邊上的大樹上呀，怎麼現在……現在是掛在峭壁上？準確地說，是掛在峭壁的一棵樹上。

甘羅頓時出了一身冷汗。心中怦怦亂跳，他想起來了，不是夢，是真的。剛才自己站在大石上，突然一陣山搖地動，自己被甩下懸崖，飛速下落，被什麼狠狠地扯了一下……

甘羅晃了晃腦袋，讓自己思路清晰些，慢慢地把剛剛發生的事重溫了一遍。

山搖地動，這是地震呀！甘羅知道有一種自然災害叫地震，地震發生時大地會晃動，山會崩地會裂，沒想到自己竟碰上了。

地震把甘羅甩下了懸崖，幸好峭壁上長了一棵大樹，一根伸出來的粗大枝椏，剛好勾住了他的衣服，救了一命。

甘羅抬頭看看上面，離崖頂足足有百多尺，如果不是被樹枝掛住，直接摔在地上，自己恐怕已變成肉餅了。哎呀，太可怕了！甘羅嚇得小心臟噗通噗通地跳，姨母啊，政哥哥啊，我差點見不到你們了。

　　不過，危險仍然存在，自己現在離地面還有十幾尺高，怎麼下到地面呢？跳下去的話，頭破血流、斷手斷腳這肯定免不了，很可能連小命也不保。

　　這時一陣風吹來，甘羅晃呀晃，就像一個掛在樹上可憐的破布娃娃。甘羅想，這樣晃下去，這樹枝很快就會折斷，他害怕得大喊起來：

　　「姨母救我！政哥哥救我⋯⋯」

　　「有人嗎？哪位叔叔阿姨爺爺奶奶，快來救救甘羅！」

　　可是，除了呼呼的風聲，沒有人回應。甘羅好可憐，他不禁抽抽泣泣地哭了。

　　是的，甘羅很聰明，但他再聰明，也只是個手短腳短的小孩，要擺脫目前困境，他實在有點力不

從心啊！

　　甘羅嗚嗚嗚哭了一會兒，心想只能想辦法自救了。他用有點模糊的淚眼打量着周圍情況。

　　忽然，他看見了離自己不遠的峭壁縫隙裏有一根山藤，山藤沿着峭壁一路向下延伸，直到地面。他眼睛一亮，自己可以攀着這根藤下地面呀！看上去那根山藤雖然不很粗，但承受自己這小身軀應還勉強可以的。

　　可問題來了，那根山藤離自己遠了一點，自己的小短手夠不着。甘羅伸手去抓那根藤，還有一尺多才夠得着。哎呀急死人了，怎麼辦？

　　這時風又大了一點，樹枝晃得又厲害了一點，甘羅害怕極了，幸虧他這時發現了一件事——風是把自己吹向那根山藤的，可以趁着風把自己吹近山藤的時候，伸手去抓。

　　危險的時候，同時也是機會來臨的時候。甘羅，加油！甘羅，不用怕！甘羅暗暗給自己鼓勵。

　　風又來了，甘羅的身體又開始晃了，樹枝吱吱作響，好像隨時會斷似的。甘羅雖然害怕，但他還

是趁着這一次又一次的晃動，用手去抓那根山藤。

　　一次，抓不着，兩次，也抓不到，三次、四次、五次……啊，終於抓到了！而正在這時，樹枝終於經受不住甘羅的重量，「啪啦」一聲，斷了。

　　幸虧甘羅已經緊緊抓住了那根山藤，樹枝斷掉的剎那，他被重重的砸到了峭壁上，那種疼痛，讓他差點鬆開了手中的山藤。

　　有驚無險，他抓住山藤，挨着峭壁休息了一會兒，就開始一下一下地，不斷交換雙手，往地面而去。力氣用盡時，幸好也到地了，甘羅精疲力盡地癱在地上。

第十八章
不是冤家不聚頭

　　甘羅掉落的地方是兩座山之間的低凹處，甘羅曾經從書本上看過，這種地理環境叫「山谷」。

　　驚魂稍定，甘羅找了塊大石坐下來，摸了摸身上撞痛了的地方，要是姨母在的話，早就心痛地給自己「呼呼」，然後再塗上一層散瘀鎮痛的草藥。想到這裏，甘羅眼睛又潮濕了。但他拚命忍住淚水，他知道自己不能哭、要堅強，這樣才能救自己。

　　甘羅看了看周圍環境，靜悄悄的，人影兒都沒一個。這種偏僻的地方，一般人都不會來。怎麼才能盡快獲救呢！

　　正在苦惱的時候，地震又再發生，山搖地動。甘羅驚駭地見到，左右兩座山上，大大小小的石塊，直向山谷砸了下來。

他忽然發現在自己上空，一塊人頭般大小的石頭飛速下落，他大吃一驚，拔腿就跑。跑了十幾步，就聽身後一聲巨響，大石重重砸在地上，震得甘羅身體搖晃，差點跌倒。

　　這時候不管跑還是站着，都同樣危險，他急中生智，見到旁邊山壁有一處往裏面凹進去一些的地方，便連忙把身體縮在那裏，又用雙手抱住腦袋。剛才這麼高掉下來都沒被摔死，難道現在卻要被石頭砸死嗎？

　　地震持續了幾十秒，期間不斷有石頭落在甘羅身邊，險象橫生。也許是老天爺不忍傷害這小孩兒，他只是手背被石屑擦傷了幾處。

　　當周圍安靜下來時，甘羅才鬆了一口氣，但當他往周圍張望時，又頓時嚇出了一身冷汗。因為，他發現自己剛才落地的地方，有山體成片墜下，竟然平空出現了一座小山崗。如果剛才自己不是為了躲避那塊石頭而逃開，就已經被活埋在小山崗下面了。

　　甘羅嚇壞了。

政哥哥，快給我力量吧！他摸摸腰間，那裏有他一直掛着的、政哥哥送給他的綠玉小烏龜。

可是，他心裏一涼，綠玉小烏龜不見了！一定是自己從崖頂上掉下來時丟掉的，甘羅看着那座山泥堆成的小山崗，綠玉小烏龜一定是被埋在那小山崗下面了。

綠玉小烏龜是政哥哥送給自己的，上面還有妹妹的名字，沒想到現在卻丟了。甘羅心裏難受極了，他嘴一扁，又哭了起來。

他只讓自己哭了一小會兒，他是個堅強的孩子，他知道自己處境，他強逼自己要鎮定下來，想辦法脫離危險。

甘羅一邊擦眼淚，一邊打量着周圍環境，緊張思考着。接下來很可能還有餘震，眼下待着的顯然是一處危險的地段，得趕快離開，否則就死定了，不會每次都那麼好運的。得去找一個安全的地方呆着，等待政哥哥來救自己。

作了決定之後，甘羅瞧瞧山谷的左邊，又瞧瞧山谷的右邊，兩邊的路都是長長的，一眼望不到

邊。向左走還是向右走？算了，右吧！甘羅兩手捏成拳頭，轉向右邊，跑！

甘羅撒開小短腿跑呀跑呀，一邊跑一邊尋找安全的地方，路上又遇到了幾塊大石頭滾落，令到甘羅一路都心驚膽顫。

路上渺無人煙，山谷裏寂靜得可怕，只有甘羅「呼哧呼哧」的喘氣聲，還有「唰唰唰」的腳步聲。

咦，前面路邊好像有什麼東西在蠕動，毛茸茸的，綠色的。像是一隻野獸？甘羅心慌慌，不由得加快了腳步。真是危機重重呀，沒被摔死、砸死，別最後被野獸吃了。

他用眼角最後掃了一下怪獸那個方向時，見到那東西居然動了一下，他忍不住扭頭去看了看。啊，好像是一個人呢！

甘羅停住了腳步，再細看看，真是個人！這人一定是跟自己一樣，在剛才的地震中，從山上掉下來的。甘羅一向是個善心的孩子，現在對方很可能是受了傷急需救助，他是絕對不會袖手旁觀的，儘

管他現在十萬火急要離開這危險地帶，但他決不會只顧自己逃命而見死不救。

甘羅轉身朝那人跑去。跑近了才發現，那是一個穿着紫色衣裳的人，渾身沾滿灰塵泥土，臉上髒兮兮的，看不清模樣。但從服飾和身高，可以看出是個小女孩。此刻，她正努力地撐着身子，想從地上爬起來。

「我來幫你。」甘羅跑過去，「嘿喲嘿喲」使出全身力氣扶起女孩。

「哇……」女孩終於站了起來，她做的第一件事就是放聲大哭。

甘羅一下子手忙腳亂的，既着急又無奈。他急着要帶着女孩離開，但又不知怎麼安慰她。他只好掏出小手帕，遞給女孩，說：

「別哭，別哭，擦擦眼淚吧！」

小姑娘接過手帕，擦去眼淚，也擦去了臉上大半的灰塵。露出了原來面目。甘羅一看大吃一驚，喊道：「啊，怎麼是你？！」

小姑娘之前一身狼狽，被甘羅扶起來後又只顧

哭，也沒留神去看誰幫了自己，這時聽到甘羅的驚呼，不由抬起頭定睛看着站在對面的小孩，頓時一愣。

兩人同時喊了起來：「蠢丫頭！」「小豆丁！」

真是太巧了，甘羅遇到的這個遇險的女孩，正是刁蠻任性、頂頂討厭的宋國公主——九素。

真是不是冤家不聚頭呀！

「你怎麼會在這裏？你也是從山上掉下來的？」兩人異口同聲地問，然後又朝對方怒目圓瞪。氣氛頓時緊張起來。

「砰！」這時不遠處又有一塊大石滾了下來，把兩人嚇了一跳。

不過，這也讓兩人想起了目前處境，甘羅沒好氣地說：「蠢丫頭，快走吧，接下來還有餘震，我們要馬上找個安全的地方。」

「小豆丁，走就走！」九素公主氣呼呼地說完，抬腿就走。但她馬上嗷嗷叫了一聲。

甘羅已經走了幾步，聽到九素公主喊，便停下

來皺着小眉頭問：「怎麼了？」

「我的腳，我的腳扭傷了，一走就痛。」這時九素公主的氣焰沒了一半，指着左腳說。

「真是人蠢事多。」甘羅看看九素公主比自己還胖一些的身材，說，「你這個胖妞，我可背不動你。你就忍忍痛自己走吧，頂多我把肩膀借給你用。」

「嗚嗚嗚，你才是胖妞！」九素公主撅着嘴，哭唧唧，心裏早把面前的小豆丁罵死了。

女孩子都不喜歡別人說自己胖，但人在矮檐下，不得不低頭啊！她也知道自己目前需要甘羅幫助，只好按捺下自己的公主臭脾氣，忍氣吞聲了。

她伸手扶住了甘羅的肩膀，深一腳淺一腳地走着。腳一沾地就痛得厲害，但她也只能忍着。剛才山泥傾瀉、大石滾落的恐怖情景她是親眼目睹的，她也不想自己被活埋或者被砸死。

九素公主的腳看樣子的確傷得不輕，她痛得臉上都冒汗了，全身重量幾乎都壓在甘羅身上，令甘羅不勝重負。甘羅氣喘吁吁，小短腿跟蹌着，好幾

次差點摔倒，不過他還是堅持走着，雖然他討厭九素公主，但人命關天，他絕不會把九素公主扔下自己跑掉。

山谷的路延伸着，好像沒有盡頭，何況以兩人情況，也不知還能堅持多久。甘羅實在愁死了。

幸好，這時他發現了前方靠右的地方有一個小山崗，小山崗處於兩座大山之間，但又離大山有一小段距離，即大山有山泥或大石落下，也不會對山崗造成影響。而且小山崗不太高，只有四五十尺左右，要登上去也不是太困難。甘羅眼睛越來越亮，他馬上作了個決定——登上小山崗，在那裏等待地震結束，等後救援。

第十九章
野外求生小能手

哎喲好累啊！當甘羅和九素公主上到小山崗的崗頂時，全都精疲力盡了，兩人倒在草地上，連根手指都不想動。甘羅躺着躺着，上下眼皮打起架來，很快竟打起了小呼嚕，睡着了。

正在這時，「轟隆隆」一陣巨響，繼而是九素公主的一聲尖叫，甘羅嚇得一骨碌爬了起來。

又發生餘震了。只見左右兩座山上不斷有山泥和石頭滾下，山谷裏煙霧彌漫，「轟隆轟隆」、「啪勒啪勒」的聲音不絕於耳。轉眼間，剛剛甘羅和九素公主走過的路掉落不少石頭和泥土。

兩個孩子呆若木雞地看着，慶幸的是，甘羅選對了落腳的地方。他們身處的小山崗，並沒有被兩座山滾下來的東西波及，除了有輕微震動之外，基本上是安全的。

震動持續了很短時間便停了下來，兩人愣愣地看着山崗下的一片狼藉，心有餘悸。

　　大地又回復了平靜，九素公主摸了摸噗通噗通跳得厲害的小心臟，説：「地震太可怕了！為什麼會有地震呢？怎麼震了一次又一次，沒完沒了的。」

　　「地震是地殼快速釋放能量過程中造成的震動。地球上板塊與板塊之間互相擠壓碰撞，造成板塊邊沿及板塊內部產生錯動和破裂，是引起地震的主要原因。」甘羅説。

　　九素公主聽得莫名其妙，自己在宋國時也是有先生教過的呀，宮中兄弟們學什麼她也跟着學什麼，但是為什麼甘羅的話自己一句也聽不懂。什麼是地殼？能量又是什麼？那什麼「擠壓碰撞造成板塊破裂」，就更是從沒聽過的道理，難道宋國人跟秦國人讀的是不一樣的書？學的是不一樣的道理？

　　九素公主只覺得腦袋發漲發痛。

　　這時甘羅還在一本正經地答着九素公主的問題：「在主要地震發生之後，在其震源鄰近地區，

常有若干次規模較小的地震發生，這叫做餘震，餘震可能持續一周、一個月或一年……」

九素公主這回是聽明白了：「啊，這就糟糕了！這樣餘震不斷的話，我們怎麼離開這山崗？」

「那你也不必太擔心，一般來說，餘震是會逐漸減少、減弱的。不會一直都是這樣厲害。」甘羅安慰九素。

「這就好。」九素公主鬆了口氣，點了點頭，對甘羅說，「甘羅，你對地震的事知道很多哦，你們秦國的先生教你的嗎？」

甘羅聽了一愣，心想，好像先生從沒教過這些呀！但自己為什麼會懂呢？而且說起來還一套一套的，挺有道理。難道是跟自己隔幾天就做一次的夢有關？夢境裏的妹妹很喜歡看書，她看書時自己也跟着，也許就這樣把書本裏寫的記在腦子裏了。

不過這事想想也真的不可思議，說出去誰信呀！

面對九素公主的詢問，甘羅不知怎樣回答，只是含含糊糊地說是自己從書上看到的。這時一陣風

吹來，九素公主縮了縮身體，有點微微發抖。因為冷，她沒再追問下去。

甘羅自己也打了個寒顫，他想起了一件馬上要做的事，得趕快燃起一堆溝火，不然到了晚上就會冷得受不住。而且溝火還有其他重要作用，一是發出的火光和煙能讓人遠遠看見，讓找他們的人容易發現目標。二是能讓野獸不敢靠近，野獸怕火呢！

但是，在這荒野山崗，哪裏去找火呢？甘羅首先想到鑽木取火，但是那太難了，利用摩擦生熱，從而點着火，難度太大，恐怕弄幾個時辰都未必能做到。

還有什麼辦法呢？甘羅小手指在腦袋上一點一點的，想呀想呀。這時，一直陰沉的天空忽然亮了起來，陽光衝破雲層射到大地，晃得甘羅的眼睛一花，他趕緊閉上眼睛。

突然心裏咯噔一下，甘羅一下睜開了眼睛，死死地盯着透過班駁樹影落在地上的陽光，腦子裏閃出一個念頭——凸透鏡起火法。

對啊，可以用凸透鏡起火法生火呢！甘羅頓時

心花怒放。

那凸透鏡是怎麼做成的？在荒山野嶺裏可以用什麼材料？他使勁想想，噢，又想到了，可以用冰！

甘羅站了起來，剛要去找冰塊，一看九素公主冷得縮成一團，便脫下自己的外衣，披到她身上，然後說：「你先歇着，我去找點東西。」

甘羅走了幾步，卻聽到九素公主「哇」的一聲哭了起來，他嚇了一跳，不由得轉了回來，問道：「你怎麼了？」

九素公主抽抽泣泣地說：「甘羅，你真好。我以前對你這樣，你還對我這麼好。這次如果不是你，我肯定活不成了。」

甘羅揮揮手，說：「算了算了，大人不記小人過。誰叫我是個可愛又善良的小郎呢！過去的事算了，不過，你要記住，以後可不許那麼刁蠻了。」

說完，轉身跑了。

九素公主「嗯」了一聲，心想，這小孩真不錯，不會小心眼。正歡喜時，突然想起甘羅那句

「大人不記小人過」，又氣得用手一拍地面，什麼，把我當小人了，氣死我了！

好想打那小屁孩一頓，但想想人家剛救了自己呢，還把衣服給自己禦寒，想到這裏她氣就消了。

甘羅在附近轉悠了一會兒，看哪裏能找到冰。走着走着，見到路邊有個坑，好像是獵人挖的獵小野獸的陷阱。陷阱應是之前下雪時被雪填滿，太陽一出，表面一層的積雪已經融化了。

甘羅蹲在坑邊仔細瞧了瞧，意外地見到坑底有些冰塊，不禁大喜。可是，怎麼把冰拿上來呢？

看看自己的小短手，肯定夠不着，跳下坑裏拿，不行，把人冷病了怎麼辦，這時候一定不能病，病了沒醫生，那是會死人的啊！

甘羅到處找看看有什麼可以打撈的工具，皇天不負有心人，總算讓他找到一根粗大的樹枝，樹枝的一端有個彎曲的分杈，正好起到勺子的作用。

他挽起袖子，蹲在坑邊，小心地撈了起來。冰塊很滑，剛剛撈起就馬上掉回坑裏，甘羅毫不氣餒，一次次重來。最後，終於把其中一小塊冰撈上

來了。

哇，太棒了！甘羅心裏一連給自己點了十幾個讚，他用雙手小心翼翼地捧着冰塊，跑回了九素公主那裏。他還是不放心把她一個女孩單獨留在那裏。

九素公主確實也挺害怕的，她人坐在樹下，眼睛卻死死地盯着甘羅，幸虧甘羅一直沒有離開她的視線，她才沒有那麼慌亂。

看見甘羅像捧着什麼稀世珍寶那樣，拿了一塊冰回來，她心裏很奇怪，想問又忍住了。她不想總問為什麼，那會顯得自己很無知，很笨。要知道甘羅以前是叫她「蠢丫頭」的呢，不能讓他小看自己。所以她只是目不轉睛地看着，看看甘羅弄什麼玩意。

甘羅把冰塊放在地上，考慮着怎樣把它磨成一個中央較厚，邊緣較薄的透鏡。缺少工具真是麻煩呀！他伸手在袖袋裏找了找，看有些什麼可以利用的。一掏，還真讓他掏到合用的東西了。

那是姨母早兩天給他做的一個將軍玩偶，姨母

手很巧，玩偶做得威風凜凜、栩栩如生。甘羅的目光落到玩偶的那件披風上，披風是用一小塊表面粗糙的獸皮造的。

「哈哈，就是你了！」甘羅高興地把玩偶身上的披風拆了下來。

九素公主在一旁看着，腦子裏的問號越來越多。難道甘羅在變魔法嗎？

只見甘羅拿着獸皮，小心地打磨起冰塊來。旁邊九素公主金睛火眼地盯着，看他變出什麼來。

甘羅磨呀磨呀，磨得手都痠了，才把冰塊磨成了中央較厚，邊緣較薄的一個小圓塊。他得意地揮了一下小拳頭，大功告成。

他又跑去撿了一大堆乾透了的樹枝和樹葉，堆在一起，然後舉起那冰塊，對準了天上的太陽。陽光穿過冰塊，落到地上那堆樹葉上，出現了一個橙紅色的、耀眼的光點。

「呀！」九素公主驚訝地喊了一聲，但她又馬上捂住嘴，生怕自己一聲張就影響了甘羅施法術。

又過了一會兒，那堆葉子冒起了一縷煙……

　　這回，是甘羅忍不住喊了：「九素，快吹，快吹吹！」

　　正看得呆愣的九素公主，急忙彎下身子，鼓起兩腮，朝着樹葉呼呼地吹着。煙越來越大，突然，火苗呼地一下躥了起來！

　　「着了，着了，火着了！」甘羅和九素公主異口同聲喊了起來。

　　兩個人都欣喜若狂，趕忙把一些樹枝放到火苗上，讓火更旺。

　　一堆溝火，終於燃起來了！

九素公主終於忍不住了，她用佩服的目光看着甘羅，説：「甘羅，你真厲害，還會變魔法！你跟誰學的，可以教我嗎？」

甘羅摸摸腦袋：「我哪裏會變魔法，是……」

難道跟九素公主説，這些辦法是從自己腦袋裏冒出來的嗎？誰會信！甘羅只好説：「嘿，我本來就是野外求生小能手嘛，我無師自通的。」

九素公主一臉崇拜地看着甘羅，這小豆丁真了不起。

這時，天已經漸漸黑了，氣溫更低，但因為了有了溝火，他們已經不懼怕夜的來臨。在這荒野中，火不但給了他們温暖，也給了他們安全感。

突然聽到「咕咕」的聲音，九素公主不好意思地摸摸肚子，恰好這時甘羅的肚子也咕咕響起來了。之前一直心情緊張，他們都忘了自己已經一整天沒吃東西了，現在解決了迫切的問題，才感覺肚子空空的，餓得不行。

甘羅往袖袋裏掏了掏，掏出了一把野果，這是剛才他找冰塊的時候摘的，他分了一半給公主。

九素公主一開始不敢吃，但見到甘羅把野果扔進嘴裏，吃得津津有味的樣子，便嚥了嚥口水，也扔了一顆進嘴裏。野果甜甜的，澀澀的，遠遠沒有她以前吃過的水果好吃，但現在肚子太餓，也還能接受。

吃完野果，甘羅又去撿了一大堆樹枝回來，把火燒得旺旺的。這大半天裏，擔驚受怕，奔跑逃命，他們都累了，兩人坐在溝火旁打起了瞌睡。

甘羅生怕火滅了，不敢熟睡，睡一會兒就睜開眼睛，給溝火添些樹枝。不能讓火熄滅，現在那些冰塊都已經融化掉了，自己再也沒法找到能做成凸透鏡的材料。他們都不知道還要待在這兒多久呢！

看看九素公主歪倒在地上，睡得像隻小豬似的，他歎了口氣，看來要由自己一個人承擔守夜了。誰叫自己是個小男子漢，男子漢就要照顧好女孩子，那怕她是個總惹自己生氣的刁蠻傢伙。於是甘羅打一會兒瞌睡，又往溝火上添一回樹枝，一直沒有好好睡，堅持守着溝火，直到天明，火都是旺旺的。

第二十章

我想做你的小媳婦兒

天亮時，九素公主醒來了，她一骨碌爬了起來，一個勁地用手背擦眼睛。腦子裏迷迷糊糊的，還以為自己在秦王宮中的那個小院呢！

咦，怎麼對面坐着那個小豆丁，大清早就來尋仇不成？看本公主棍捧侍候，打得你滿頭包！

不對呀！怎麼在荒山野嶺之中，那小豆丁也不像是來壞事的，他坐在自己對面，小腦袋一點一點的打着瞌睡，而他們中間，是一堆燒得正旺的溝火。

腦子「叮」的一聲，她想起了昨天發生的事。她想到了昨天的山搖地動，想到了自己在山崖上滑落下來，幸虧山崖不高才沒有受到大的傷害；她想到在餘震中，甘羅沒有扔下走路一拐一拐的自己，帶着自己逃亡；她想到寒冷中甘羅把衣服給了自

己，她想到甘羅的「魔法點火」，想到那酸澀但能填飽肚子的野果⋯⋯

正是面前這個小豆丁救了自己，一路給予照顧。有小豆丁保護的感覺還挺不錯的。

看那燒得正旺的溝火，就知道甘羅肯定是一晚上沒怎麼睡，守護着溝火，也守護着自己。一股濃濃的感恩之情從九素公主心裏湧出，喉嚨也有點哽咽。她雖然刁蠻任性，但骨子裏不是壞人，她也有感恩之心。

這時甘羅身子歪了一下，差點摔在地上，他一個激靈，醒了過來。看到九素公主定定的看着他，甘羅問道：「怎麼了，不認識我？」

九素公主突然說：「甘羅，我做你小媳婦兒吧！」

「啊，你說什麼！」甘羅眼睛睜得溜圓，像是聽到了一聲駭人的驚雷。

九素公主大聲說：「我說，我想做你的小媳婦兒！」

「不要！不要！我還是個小孩兒呢！」甘羅驚

恐地往後退着，還大喊道，「姨母快來，有人要做我的小媳婦兒！」

被人拒婚，尤其是被一個小豆丁拒婚，這太丟臉了好不好。九素公主頓時大怒，一手叉腰，一手指着甘羅，兇巴巴地説：「怎麼了？我當你媳婦不行嗎？我是一國公主，我貌美如花，我溫柔可愛！」

「你是公主不假，你貌美也説得上，但是溫柔可愛就免了。而且……」甘羅看了看九素公主的動作，一臉嫌棄，「我不喜歡茶壺。」

「茶壺？」九素公主愣了愣，她突然捂着臉，放聲大哭起來，把甘羅嚇了一大跳。

「喂，怎麼哭了。好好説話嘛。」甘羅手足無措。

「我父王利用我，把我一個人送到這陌生的地方，如今政哥哥和你這小豆丁也嫌棄我。哇，我不要當質子，我想回家，我想回家！」九素公主的臉本來就髒兮兮的，現在一哭，眼淚水把臉上沖得一道白一道黑，十分滑稽。

甘羅看了那張醜醜的臉有點想笑，眼前的九素公主哪有半點刁蠻任性小魔女的模樣，分明就是一個沒要到糖吃撒賴打滾的小孩子。

政哥哥告訴過自己，宋王送九素公主主來秦國當質子的目的，就是想九素公主跟秦國聯姻，利用秦國力量，發展自己國家。但事情沒能如宋王的願，所以九素公主就慘了。回去不得，留下也難熬。

這蠢丫頭的遭遇又真是挺可憐的。但是，不能因為可憐就心軟答應她要求啊！這世上可憐的人那麼多，難道可以因為可憐就都娶了當小媳婦兒嗎？那自己豈不是要娶很多很多小媳婦兒？

甘羅眼前頓時出現了這樣的情景——自己家裏每一寸土地都塞着小媳婦兒，連狗狗和小兔子都沒地方住了，他不由得打了個冷顫。

甘羅決定鐵了心，死都不能答應娶九素公主做小媳婦兒。

他故意引開話題，説：「哇，今天天氣真好啊！啊，那裏有隻鳥兒好看極了，五顏六色的，是

隻鳳凰啊！」

九素公主不禁被甘羅的話吸引了，她睜開一雙淚眼，東張西望去找甘羅說的那隻鳳凰，找了半天沒看到，又裂嘴哭了：

「你騙人！嗚嗚嗚……」

甘羅撓了撓頭，不知怎麼應付這個哭唧唧的蠢丫頭。幸好九素公主哭着哭着就停了，用手托着腮發呆。

甘羅看了看周圍情況，從昨天晚上起直到現在，都沒再發生餘震，危險是暫時解除了。本來可以下山去，自己試着尋找出去的路的，因為這樣坐着等，不知政哥哥的人什麼時候才能找到這裏來。

他看向了正哭唧唧的九素公主，問道：「你的腳怎樣了？」

九素公主一大早起來就想着做甘羅小媳婦的事，把腳受了傷的事忘記了，這時聽甘羅一說，她才想起來，頓時感到腳痛無比。一看，天哪，腳踝腫成個小饅頭了，她不由得又大哭起來。

甘羅歎了口氣。看來，嘗試着走出山谷，是沒

可能了，九素公主的腳看上去比昨天還要糟糕，恐怕連一步也走不了。

真不想對着這個難搞的蠢丫頭啊！做不成人家小媳兒要哭，腳痛也要哭，可自己不可以娶一屋子的小媳婦兒回家呀，自己也不會治腳痛呀。哎呀，誰教我止哭的方法？

這時對面山頭有一小塊石頭骨碌碌滾了下來，九素公主主嚇得哭聲窒了一窒，甘羅趁機說：「都是你，哭得又地震了。」

九素公主驚詫地瞪大眼睛：「哭也會地震？」

甘羅煞有介事地說：「當然會！一晚上石頭都沒掉，為什麼你一哭就掉了。就因為你哭起來的音量太大了，聲波發射出去，射中了對面山頭的石頭，把石頭推下山了。」

甘羅胡亂編的一套說詞，把九素公主嚇住了，如果再哭出一場大地震，那不就更走不了嗎？她趕緊捂住嘴，不再哭了。

甘羅滿意地點了點頭，從袖袋裏掏出三個野果，那是昨天晚上留着吃的，他把野果遞給九素。

九素公主抽泣了一下，接過野果，剛要吃，又問甘羅：「你全給了我，那你吃什麼？」

甘羅拍拍肚子，說：「我是男孩子，我不怕餓。」

甘羅看看手裏的野果，心想，這蠢丫頭還有點良心，知道給我一個。他其實肚子也餓了，於是「咔嚓」咬了一口果子，吃了起來。

雖然沒再發生餘震，但九素的腳不能走路，兩人無法自己走出山谷，只能等待有人前來救援。

九素公主吃完兩個野果，又想起自己心心念念的事來了。她看着坐在對面打瞌睡的甘羅，很不甘心，說：「甘羅，你為什麼不肯娶我做小媳婦兒？」

甘羅一驚，連瞌睡也嚇沒了，他心裏拚命想拒絕理由：「不行不行，我們沒有感情的，你看，之前我們還是死對頭呢，死對頭怎麼可以談婚論嫁。」

九素一臉誠懇，說：「以前是我不對，我以後改。沒有感情，我們可以慢慢培養啊！我們以後可

以多些一塊玩，玩翻花繩、玩七巧板、玩捉迷藏，玩着玩着，感情不就有了嗎？」

甘羅腦袋搖得像個撥郎鼓，說：「不行不行，我可沒那麼多錢養小媳婦兒。我要養姨母，還要養狗狗大豬，養小兔子。」

九素公主嘴一扁，又想哭了，沒想到在甘羅眼中，自己連什麼狗呀豬呀兔子呀都不如，寧願養這些動物都不願意養自己。

這時甘羅突然喊了一聲：「安靜，好像有什麼聲音。」

山崗上靜得連葉子掉到地上的聲音都可以聽見，一陣風吹過，吹來了穩穩約約的人聲。聲音越來越清晰：「甘羅——」

「九素公主——」

「小公子——」

「公主——」

甘羅大喜，他聽到有一把是政哥哥的聲音，不由得跳了起來，大喊道：「政哥哥，我在這兒，政哥哥，我在這兒！」

九素公主也驚喜地喊了起來：「政哥哥！政哥哥！」

救援的人好像聽到了他們的回應，一陣陣急促的馬蹄聲，由遠而近，朝小山崗奔來。

甘羅看見了一支十幾人的隊伍，領頭那個，正是政哥哥。

「政哥哥！」

「甘羅！」

甘羅激動地跑下山崗，朝着政哥哥跑了過去，嬴政也朝甘羅跑了過來，兩個好朋友手拉手，又跳又蹦的，激動極了。

「政哥哥，我知道你一定會來救我的。謝謝你，政哥哥！」

「甘羅你沒事就好，我擔心死了。真怕你出了事。」

「政哥哥，我姨母怎麼樣了？」甘羅惦記着姨母，生怕這兩天姨母因為擔心他，又病了。

「放心好了，姨母不知道你失蹤的事。我告訴她，你這兩天留在王宮裏，陪我讀書。」

甘羅鬆了一口氣，又問：「這次地震，有沒有塌了房子？有沒有人受傷？」

　　「有，但是情況不嚴重。我父王下令撥錢救災了，百姓都得到了安置。」嬴政說。

　　甘羅這才放了心，他跟政哥哥說了遇到九素公主的事。

　　嬴政一聽很高興：「我們這兩天也在找她呢，沒想到你跟她在一起。」

　　甘羅拉着嬴政的手，走上山崗。有政哥哥在，他心裏鎮定多了，不怕九素公主再纏着要做他的小媳婦兒了。

第二十一章
甘羅怕怕

　　甘羅回家後。嬴政讓他在家休息了幾天，陪陪姨母。姨母事後知道甘羅遇險，嚇壞了，恨不得把他關在家裏不讓出門，天天呆在自己眼皮下盯着。所以，嬴政就乾脆放了甘羅幾天假，讓他好好陪陪姨母。

　　説好了今天甘羅回來讀書的，但嬴政來到課堂時，甘羅還沒到。嬴政看看旁邊空空的座位，心裏有點奇怪：甘羅一向很愛學習，往日每天都是他早到的，今天怎麼了？老師都快要來了，他還沒見人。難道是他姨母還是不讓他出門？

　　秦莊襄王近來病情轉好，可以處理一些國家大事了。這讓嬴政大大鬆了一口氣，同時，他的專屬課也安排得不那麼頻密了。畢竟那些高深的治國大道理，對一個十幾歲的小孩子來説，理解是頗困難

的，所以要慢慢教，慢慢領會，不能一下子全塞進他腦子裏，那會消化不良的。

嬴政因此也可以有多時間和甘羅一起學習了。嬴政最喜歡跟甘羅探討學問，因為那小孩説的話常常讓他大受啟發。

嬴政正擔心着甘羅是不是病了，聽到門外有腳步聲傳來，轉頭見到甘羅手提着書箱，氣喘吁吁地跑了進來，大冷天的，但他額頭上都是汗。

「甘羅，你遇到什麼了？怎麼好像很害怕。碰見大老虎了嗎？」嬴政見了開玩笑説。

甘羅喘着氣，説：「比老虎還可怕！」

「啊，竟然比老虎還可怕。你見到什麼了?」嬴政很奇怪。

「我……」甘羅剛要説話，卻看到老師進來了，立即住了嘴。

嬴政也不再追問。他們兩人都是很尊重老師的，老師來了，就要馬上安靜下來。

臉相威嚴的老師把書卷放下案上，清了清嗓子，説：「現在開始上課……」

嬴政聽着課，心裏一直奇怪着，甘羅究竟見到什麼了？

好不容易到了下課的時候，嬴政拉住甘羅剛要問，沒想到內侍小桂子跑了進來，對他説：「公子，大王派人來找你，已經在外面等了一會兒了。」

嬴政聽了心裏噗通一跳，別是父王的病又有了反覆吧！他顧不上跟甘羅説話，急忙帶着小桂子跑出去了。過了不久，小桂子回來，告訴老師和甘羅，説是有外國使臣來拜見秦王，秦王讓公子政馬上去蘭亭殿陪同接見來使，所以接下來第二堂課不能上了。

嬴政不來上課，老師也不能只給甘羅一個人講課，所以就給甘羅布置了些作業，讓他回家做。

甘羅收拾好東西，提着書箱準備離開，一腳踏出課堂的門檻，他突然又想到了什麼，趕緊把腳縮了回去。他扶着門框，伸出小腦袋，兩隻眼睛骨碌碌地觀察着外面情況。只見靜悄悄的，連小狗小貓也沒有一隻，他才鬆了一口氣，放心地走了出去。

甘羅在害怕什麼？難道跟他來上學時見到的可怕東西有關？正是正是！

　　那他害怕的究竟是什麼呀？話說，剛才他來上課的時候，在宮門口下了車，就提着小書箱一蹦一跳地朝學堂走來了。王宮內除了大王和公子政之外，任何人都不能在王宮裏坐馬車，在宮門口就得下車了。他走着走着，突然遠遠見到九素公主站在前面路口，嚇得他趕緊拐到了另一條路。從另一條路到學堂要繞一個大彎，要多走很多路，他一路小跑，結果還是比正常多了一倍的時間才到達學堂，還差點遲到了。

　　甘羅為什麼這樣害怕九素公主呢？說來話長啊，自從他們倆雙雙從山谷裏被救回來後，九素公主就賴上甘羅了，總是用這樣那樣的借口找甘羅玩，口口聲聲要做甘羅的小媳婦兒。弄得甘羅一見到她，就逃得比老虎追還快。

　　再說甘羅從學堂出來，沒走幾步，路旁一棵大樹後面「嗖」一聲閃出了一個人來，喊道：「甘羅！」

甘羅嚇了一跳，一個趔趄，差點跌倒。他下意識地拔腿要跑。咦，怎麼跑不動？啊，小書箱被一隻手扯住了。

「甘羅，你幹嘛見了我就跑？」

甘羅無奈地站住了，問道：「九素公主，你有什麼事嗎？」

九素公主眼睛亮亮的，一臉興奮：「我有東西給你。豬豬，過來！」

她朝後面招了招手，馬上，一隻小豬「蹬蹬蹬」跑了過來。小豬朝甘羅眨了眨眼睛，像在跟他打招呼。

甘羅一看，哦，這不是自己帶回家養了些日子的公主寵物豬嗎？

「九素公主，你要把豬豬送給我嗎？」甘羅大喜。

家中的狗狗大豬很想念豬豬呢！

「不是，我要給你的是小豬豬背上的東西。」九素公主說。

甘羅這才發現，小豬背上駝着個小木盒，小木

盒上還打了個紅色的蝴蝶結。

「什麼東西？」甘羅很好奇。

九素公主彎腰拿起小豬背上的盒子，拉下蝴蝶結，然後把盒子打開，遞到甘羅面前：「給你。拿着！」

甘羅一看嚇了一大跳，盒子裏竟然是閃閃發光的金子。

甘羅退後兩步，詫異地說：「你給金子我幹什麼？」

九素公主說：「之前我要你娶我做小媳婦兒，你說沒錢養我。我現在把金子給你，你不就有錢養我了嗎？」

甘羅使勁搖頭：「我不要！」

「要吧！要吧！」九素公主把盒子往甘羅手裏塞。

「不要不要！」甘羅一轉身，拔腿就跑。

「要吧要吧！」九素公主拚命追趕。

甘羅跑得更快了，就像有老虎追似的：「不要，死也不要！」

於是，秦王宮裏有了奇怪的一幕：一個男孩子在前面拚命逃，一個女孩子在後面追着要把金子給他。

這一幕恰好被路過的趙高見到了，他心裏的恨意就更深了——為什麼九素公主喜歡的人不是我？為什麼九素公主追着給錢的人不是我？趙高開始盤算，用什麼辦法罰治一下甘羅這個臭小子？

甘羅跑啊跑啊，終於跑到了王宮門口，小桂子的馬車正停在大門口，甘羅以從來沒有過的靈活爬上了車，喊道：「小桂子，快走！」

小桂子不知怎麼回事，只是聽話地一甩鞭子，馬立刻跑起來了。

「甘羅！甘羅！」九素公主趕到大門口，見到馬車已經離開，只能惱火地跺腳。

甘羅遠離王宮，這才放下心來。他突然想到，剛才見到一個路過的人，好像就是那個趙高。他看自己的目光仍是那麼不友好。這人真奇怪，自己又沒得罪過他。

馬車晃呀晃地走着，甘羅有點睏，不知不覺睡

着了。夢裹，他又見到了小妹妹，小妹妹正拿着一本叫《史記》的歷史書在看呢！甘羅湊過去跟妹妹一起看，書上記載了一件叫「指鹿為馬」的事……

議事大殿上，一位身穿龍袍的皇帝坐在正中，下面兩邊分別站立着大臣。這時候，丞相趙高牽了一隻小鹿上大殿，然後對秦二世胡亥說：「這匹寶馬是臣獻給陛下的。」

秦二世眼睛瞪得大大的，說：「丞相，這不是一隻鹿嗎？你怎麼說成是馬呢？」

趙高臉色陰沉地看着秦二世，說：「陛下怎麼這樣糊塗，這分明是一匹馬。」

他轉身問大臣們：「你們都說說，這是鹿還是馬？」

大臣們面面相覷，有的不敢出聲，有的附和說這確實是馬，也有一些說了實話，堅持說那是鹿而不是馬。

趙高冷冷地看着皇帝，說：「陛下，有人說是馬，有人說是鹿。那你再確定一下，是鹿還是馬。」

皇帝好像被嚇到了，連忙説：「丞相説是馬，就是馬！」

　　趙高奸笑着，對皇帝説：「陛下記住，以後不可以質疑我的話。」

　　皇帝臉色一變，低下頭沒説話。

　　之後，説那是鹿的大臣全被免去職務，有的被殺了，有的被關進了大牢……

　　馬車的車輪好像碰到了什麼，猛然一震，把甘羅震醒了。剛才看過的書他還記得清清楚楚，書上寫的這件事是真的嗎？是未來會發生的事嗎？趙高後來竟然成了控制皇帝、把持朝政的奸臣。秦二世是誰？難道是政哥哥的兒子？

　　甘羅腦子裏還完出一個完整的故事——政哥哥將來做了皇帝，後來他年紀老了，就把王位傳給了兒子秦二世。而秦二世提拔了趙高做丞相。趙高做了一人之下萬人之上的丞相後，便不把秦二世放在眼內，而對滿朝大臣，不聽話就撤職打殺，他的勢力比皇帝還要大。

　　甘羅想，這樣下去，秦國成了趙高的天下。以

他這樣一個陰險奸詐的性格，秦國老百姓還有好日子過嗎？

不，我不能讓政哥哥的後代被欺負，不能讓秦國老百姓受苦受難。我要提醒政哥哥，告訴他，趙高是個壞人。

甘羅兩手托着腮，皺着小眉頭，想着怎樣對付趙高。他沒有想到，離他不遠處，趙高也在挖空心思要對付甘羅。

看來，甘羅與趙高的交鋒一觸即發啊，甘羅天真純良，能對付得了趙高那麼陰險的人嗎？太令人擔心了！

公主傳奇36

兩千年的小烏龜

作　　者：馬翠蘿、麥曉帆
繪　　畫：滿丫丫
責任編輯：胡頌茵
美術設計：李成宇
出　　版：新雅文化事業有限公司
　　　　　香港英皇道499號北角工業大廈18樓
　　　　　電話：（852）2138 7998
　　　　　傳真：（852）2597 4003
　　　　　網址：http://www.sunya.com.hk
　　　　　電郵：marketing@sunya.com.hk
發　　行：香港聯合書刊物流有限公司
　　　　　香港荃灣德士古道220-248號荃灣工業中心16樓
　　　　　電話：（852）2150 2100
　　　　　傳真：（852）2407 3062
　　　　　電郵：info@suplogistics.com.hk
印　　刷：中華商務彩色印刷有限公司
　　　　　香港新界大埔汀麗路 36 號
版　　次：二〇二三年二月初版

ISBN：978-962-08-8145-9